「──僕はさ、
この学園を
ぶっ壊してしまいたい」
異能学園の最強は平穏に潜む
～規格外の怪物、
無能を演じ
学園を影から
JN131421
藍澤 建
ill. へいろー

1-C 雨《あま》森《もり》 悠《ゆう》人《と》
主人公。自らの異能を
【目を悪くする能力】と公言しているが
真の力は他にあるようで……？

1-C 倉敷《くらしき》 蛍《ほたる》
クラスメイトからの信頼を
一身に集める美少女。
愛嬌ある性格でクラス1の人気者。
1-C 朝比奈《あさひな》 霞《かすみ》
トップクラスの異能
【雷神の加護】を持つ美少女。
「正義の味方」を目指している。

「大丈夫？　雨森くん」
「だ、大丈夫かしら、雨森くん！　ほ、保健室へ……」

異能学園の最強は平穏に潜む
～規格外の怪物、無能を演じ学園を影から支配する～

CONTENTS

異能学園の最強は平穏に潜む
～規格外の怪物、無能を演じ学園を影から支配する～

著者：藍澤建　イラストレーター：へいろー

プロローグ

「――今まで、お世話になりました」

黒髪の少年は、感情の映らない声で頭を下げた。

今年から高校一年生という、年相応の背丈に、体つき。

無造作に伸びた髪から、暗い瞳がこちらを覗《のぞ》く。

少なくとも制服を着た今の彼を見て『普通』以外の感想はない。

ただ、それでも、しいて彼の特徴を挙げるとすれば――

「……それはいいのだが。どうにかならないのかね、その表情は。何を話すにも無表情。そんなことでは友達を作るのも苦労するぞ」

少年を預かってから今まで、彼の表情を見た覚えがない。

安価なビー玉のように濁った青い瞳は、一切の情報を読み取らせない。

「そんなものを作りに行くわけじゃない。知っているでしょう、貴方《あなた》も」

「……まあ、そうだったな」

男の答えを聞いた少年は、一礼してから歩き出す。

少年が男を振り返ることはなく。その歩みに一切の迷いはない。

その背を見送るのは、長身の男と、付き従う一人の侍従。

「旦那様。私達《たち》は詳しいことを知りませんが……よろしかったので?」

「彼を匿《かくま》ったことか。……あるいは、こうして学園に通えるよう支援を行っていることか。

いずれにせよ、君達の考えることではないよ」

少年を知る者は、この家に自分だけ。

そうやって匿ってきた。そうなるよう隠してきた。

故に疑問に対して、男はまともな回答すら用意しない。

「……何者なんですか、あの少年は」

ふと、侍従の疑問が零《こぼ》れる。

その疑問にさえ回答は用意しないつもりだった。

されど、去り行く少年の背中を眺めて。不思議と言葉が浮かんでくる。

彼こそは、かつて神すら喰《く》らった一族の、不正当なる継承者。

誰より強く、誰より賢《さか》しく。されどあの少年は、誰より真《まこと》を語り騙《かた》るだろう。

「……なぁに、彼はただの、嘘《うそ》吐きだよ」

あの少年は、俗に言う『正義の味方』とは正反対の――ただの怪物だ。

選英学園　生徒心得

一、あらゆる状況に対応する力を身につけるべく、与えられた異能を最大限に用いて文武を修め、社会人となる礎を作り上げること。
二、本校における生徒会は、生徒間での問題発生時に限り、厳正中立に仲裁する組織として学園が保有する一定の権限を有するものとする。
三、全生徒には定期テストの結果を基に生活費を支給する。学生ながらも自立した精神を育み、充実した学園生活を送ること。
四、個々人の主体性を磨くべく、外部との連絡は全ての場合において許可されない。また、退学する以外で学園外へ出ることは許されない。
五、学園における校則は絶対であり、学園及び教師陣もまた絶対である。それに逆らうことは何人たりとも許されない。
六、以上の項を念頭に置いた上で、規律ある学園生活を送ること。

SENEI GAKUEN

第一章　最弱の能力者

季節は、春の初旬。入学式。

清々《すがすが》しい日差しが窓から差し込む。未《いま》だ冬の気配を残した肌寒い風に桜の花びらが舞う、春らしいある日のこと。春らしさとは無縁の暑苦しい体育館。そこで渡されたプリントに目を通し、僕は顔をしかめた。

「……すさまじく嫌な予感」

自分が配属されたのは一年C組。名字が『あ』から始まるせいもあり、目立たず確認出来るのは前方に並ぶA組、B組の生徒達だけ。彼らは渡されたプリントに嫌な予感を覚えながらも、新たに始まる学園生活に期待を膨らませているようだった。

――私立、選英《せんえい》学園高等学校。

最新技術の粋を集めて、俗にいう『異能』を開発。それらを生徒へと授けることで、旧時代よりも立体的な、形のある成長を促していく――とかなんとか。そんな文言を入学パンフレットで見かけた気がする。だが、これは……。

「……まずったか」

この学園が出来たのは丁度二年前。今の三年生が第一期生ということで、この学園に対する情報は少ない。唯一の情報源であった『学園退学者の行方不明事件』というニュースを思い出し、さらに顔をしかめる。

……あの事件は事実無根だと証明されて、そういう記事も出ていたはずだ。

だからこそ、僕らは『異能をくれる』という言葉につられて入学を決意した。

行方不明なんてただのデマ。選英学園はいたって普通の高校なのだと。

——そう、信じていた。

『さて、プリントも行き渡った頃でしょうし、簡単に説明をさせて頂きましょう』

ふと、マイク越しに拡張された声が響く。

ステージ上を見上げれば、そこには演台を前に立つ一人の男の姿がある。

ピシッと着慣れたスーツ姿に、ワックスでオールバックに固めた銀髪。

顔に刻まれた深いシワはその男性の『大人』としての面を強く際立たせていたが、一転、その微笑《ほほえ》みは見る人全てを安堵《あんど》させるようなものだった。

学園長——八雲選人《やぐもよりひと》。その男の名だ。

『簡潔に言うと、先生の言うこと、そして校則を守って、より良い学園生活を送ってください、ということです。別段難しいことではないでしょう？　小学校、中学校と変わりません。変わることといえば——そう、君達の体に【異能】が宿っていること』

異能。よくアニメとか漫画とかで見る、アレだ。

それ自体は既にこの身に宿っている、らしい。……正直、能力を教えられた今も自覚なんてないが、生徒達の間には興奮が伝播《でんぱ》してゆく。

彼ら彼女らも、既に自分の力を知っているのだろう。それを正直に言うか、それとも事実より誇張することで自らを強く見せるか。……まぁ、逆に自分の力を弱く語るような変わり者はいないだろうが、少なくとも異能があるだけで僕らの日常は一変する。

『学園が求めるのは、より良い学園生活。異能を用いて勉強や部活動に励みなさい。その結果が自身の立場と貯金に直結し、結果的に努力した分だけその身に恩恵が返ってくる』

かくして再度、学園長は微笑むのだ。

『ま、校則を守ってより良い学園生活を謳歌《おうか》してくれたまえ！』

その笑顔は、やっぱり見る人全てを安心させるような優しさで溢《あふ》れている。

周囲へと視線を巡らせると、安堵の息を漏らす生徒達の姿が見える。ただ、その中で数名、難しい表情を浮かべる生徒達の姿が見えたが……さて、この先どうなることか。

僕は入学パンフレットへと視線を戻し、人知れずため息をついた。

☆☆☆

この学校は、敷地内だけで自己完結しているらしい。

その日の夜。生徒へ個別に与えられた自室にて、僕はパンフレットを開いていた。

学園が保有する土地は東京都の二倍以上。校舎と寮はもちろん、酪農や農業も盛んで、目を疑うような超巨大なショッピングモール、遊園地、リゾートホテルまで完備されているとのことだ。……まあ、学生にリゾートホテル用意してどないしろという話でもあるが。

「へー。すごいな、これは」

学費なんかも、学園生活の中で稼げばいいと来ている。

ここは楽園か、と錯覚してしまうような好条件だが、残念ながらこれだけの好条件、その裏に何もないはずがない。

体育館でパンフレットと一緒に配られた、スマホ型『生徒手帳』。

電源を入れると自身の顔写真が画面に映り、自身の名前、年齢、性別に加え、学校から支給された生活費『４９９，４３１』との記載が現れる。ちなみに金額が微妙なのは帰りに敷地内のコンビニで夕飯を買ってきたからだ。

その他にもこのスマートフォンには、身分証明書、クレジットカード、電話、ゲーム機、その他諸々《もろもろ》の機能があるらしい。スマホだからね。

しかしどこまで機能を追求しても、これはれっきとした『生徒手帳』。

指をスライドさせて生徒手帳を開くと、ビッシリと膨大な文字量で記載されていた。

――【校則】と。

シンプルに題されたソレへとざっと目を通し、目頭を押さえる。

……今の段階で、この『学園側の悪意』に気づいている生徒は他にいるだろうか。

あの後、体育館で解散となった新一年生。……解散後に聞こえてきた話し声を思い出すに、きっとゲーム機能だったり電話機能だったり、そういう面に気を取られて生徒手帳まで見てる生徒はあんまりいないんじゃないかと思う。

加えて異能の存在もある。

試そうとする者、さっそく訓練を始める者、もしかしたら既に使いこなし始めてる者もいるかもしれない。そんな中、ゲーム機能を一瞥《いちべつ》もせずに、新たなクラスメイトとの繫《つな》がりすら一切持たず、異能にすら全く関心を向けることなく、夜の八時前から生徒手帳を読み込んでるような悲しいヤツ。

……まぁ、いたとしても僕を含めて数名ってところだろう。

この善意と好待遇の裏に隠されたとびっきりの悪意。

これに気づいているか否かで、きっと明日から始まる学園生活が一変する。

「さて、と」

運良く……運悪く？　いずれにしても、たまたま偶然気づいてしまったわけだが、それを誰かに教えようったってクラスメイトとは連絡先交換してないしな……。

壁際へと視線を向ける。そこには午後『7時58分』を指し示す時計がかけられており、僕は生徒手帳を充電器に差し込み、それ以外、部屋中の電気を消して回った。

かくして二分後。

完全なる暗闇の中、僕は充電中の画面に映り込んだその一文を読み上げる。

「『第三項、就寝時刻は原則として二十時であり、その時点において室内の電気をつけていた者は【10万円】の罰金、或《ある》いは退学、いずれかの処置を受けねばならない』」

スマートフォンの電源を落とし、ベッドに倒れ込む。

普段の成績によって、定期的に支給されるらしい生活費。その『定期』がどのくらいの期間なのか未だ明らかになっていない初期の初期、と言うか学園生活すら始まっていない最初期段階。

この段階で所持金の五分の一――10万円もの損害を受ける痛さはいかほどか。

「なんとまぁ、ここは異様だな」

呟《つぶや》き、瞼《まぶた》を閉ざす。早速明日から荒れに荒れそうな予感があるが、とりあえず、被害食らってる面《つら》で登校しますかね。目立ちそうな時は他に紛れる。それが一番だ。

そんな決意をしながら、布団の中へと潜り込む。

学園生活、初日の夜は……どうやら、ぐっすりと眠れそうだ。

☆☆☆

――翌日。おろしたての制服に袖を通し、つい昨日も通った通学路を辿《たど》る。

ちなみに朝食はコンビニで頂いた。初期費用として50万円も貰《もら》っているのだ。罰金も回避出来たし、しばらくは余裕をもって暮らしていけるだろう。

周囲には、ちらほらと校舎へと向かっている生徒達《たち》の姿が窺《うかが》えた。

それらの生徒達に怒りや焦りは見えず、もしかして所持金が減ったことにも気づいていないのかと首を傾《かし》げたが――すぐに納得した。

「あぁ、二、三年生か」

男子ならばネクタイ、女子ならばリボンの色は学年ごとに異なっている。

周囲の生徒は『緑色』だったり『青色』だったりする。

対して自分のネクタイの色は『赤色』だ。

道理で何一つ焦ってないわけだと納得すると、僕もまたそれらの生徒達の流れに従い、校舎の中へと足を進める。

――しかし、歩き出してすぐに新たな異変に気が付いた。

「ん?」

昨日も利用した玄関に到着するが、一年生の姿『だけ』が見えない。

C組の下駄箱《げたばこ》を見ると……上履きは自分のものを除いて全て外靴へと置き換わっている。

早いな、もう全員登校してるのか？　別に遅刻はしてないはずだけど……。
スマートフォンで時間を確認すると、『7時58分』と表示されている。
始業までまだ三十分以上あるはずなんだけど……。
「……そんな校則でもあったかな」
基本的に一時間前行動しなきゃ即退学とか。
一通り見たけれど全部覚えてるわけじゃないから不安になってくる。
嫌な予感を覚えるが、もうここまで来たらどうなったって同じだろう。
僕は別段急ぐことも無く、のそのそと自分の教室へと移動を始める。
――そして、校内に怒声が響き渡ったのは、その数分後のことだった。

「ふっ……ざけんなよ、オイ！」
そんな荒々しい声が聞こえてきたのは一年C……嘘《うそ》だろ、僕のクラスじゃん。
初の授業を前にして帰りたくなったのは初めての体験だ。
音をたてぬよう教室の前に着いた僕は、ドアの隙間から様子を覗《のぞ》き見る。
机と椅子を蹴り飛ばし、女性教師へと詰め寄る男子生徒。
その男子生徒を止めながらも、教師へ困惑の視線を向ける女子生徒。
威圧感たっぷりに腕を組み、じっと教師を睨《にら》む男子生徒。

我関せずとばかりに瞼を閉ざし、背筋をピンと伸ばして席に着く女子生徒。

それら負の視線を一身に浴びながら、薄笑いを止《や》めぬ教師。

うーん、学級崩壊かな？　帰ってもいいだろうか。

「こうなるだろうとは、薄々思っていたよ」

ふと響いたのは、余裕を感じさせる教師の声。

「お前達は必ず抗議しに来る。そう察していたからこそ、私もこうしてクラスへ来る時間を早めたわけだが――」

「はァ？　なにが校則を破っただ！　八時に寝てなかったからって、そんなもんで所持金10万も減らされてたまるかってんだよ！　さっさと俺から奪った金返せよオイ！」

淡々と告げる女性教師に、男子生徒が怒鳴り返す。

今にも女性教師へ殴り掛からんばかりの勢いだ。扉越しにソワソワしながら様子を窺っていると、彼を一人の女子生徒が押しとどめ、困ったような視線を教師へと向ける。

「せ、先生……、実のところ、皆が霧道《きりどう》くんとおんなじ意見です。さすがに八時に電気を消してなかったからって、10万円の罰金はやりすぎ……なんじゃないでしょうか？　その、校則をきちんと読んでなかった私達も悪いとは思いますけど……」

その言葉に、黙っていた生徒達の八割が大きく頷《うなず》く。

ポニーテールに結った明るい茶髪に、口元から覗くかわいらしい八重歯。

スポーツ少女といった活発な外見とは裏腹に、物腰の柔らかい、いかにもクラス委員長っぽいセリフだったが――しかし。

「倉敷蛍《くらしきほたる》……か、分かっているじゃないか。校則を読まなかった貴様らが悪い、と」

その言葉に、クラス中が凍り付いたような感覚があった。

一気に空気が重くなる。そして僕も、真面目に帰ろうかなと考え始める。

……いや無理よ。この空気の中、教室の扉ガラガラ開ける勇気はないよ。

やめてよね、勝手に学級崩壊するの。

どうせ崩壊するなら、せめて僕が教室に入ってからにして欲しかった。

眉間に寄ったしわをほぐしていると、霧道と呼ばれた先の男子生徒が声を上げる。

「ふざけんなって言ってんだろうが！　なにが校則だよ！　さっきから言ってるけど、んなもん聞いたこともねえっての！　いきなりそんなこと言われたって――」

「聞いていない？　おかしいな、学園長自ら仰《おつしや》っていただろう？」

被《かぶ》せるように女性教師の声が響き、学園長の言葉を思い出す。

……あの男は、その校則については明確に触れていなかった。

が、それでも確実に、その『断片』には触れていたんじゃないかと思う。

というのも、学園長が最後に告げたあの言葉――

『校則を守ってより良い学園生活を謳歌してくれたまえ』

それは、いかにも学園長『らしい』常套句《じょうとうく》のようにも聞こえる。

が、その意味をそのまんま、ダイレクトに受け取るとどうなるか。

「――なあ、言ったろう？　校則を守れ、とな」

その言葉に、霧道少年が言葉を詰まらせる。

きっと学園長の言葉は彼の記憶にも残っていたのだろう。

それもそうだ、あれだけ生徒心得で嫌な予感を漂わせておいて、そこから学園長自らによる『甘言』だ。あれだけの甘味、嫌な予感を抱いていた生徒は特に忘れられない。

だからこそ、何一つ反論出来ない。極まった理詰めに、彼のような感情論は通じない。

思わず黙ってしまった霧道に女性教師は薄く笑うと、改めてクラス中へと視線を巡らす。

「さて、というわけで出だしは最悪。スタートダッシュに見事失敗してみせた愚か者どもよ。今日から貴様らのクラスを受け持つことになった。名前を榊零《さかきれい》という」

かくして、僕を不在としたまま学園生活の幕は切って落とされる。

……だけど、問題は学級崩壊よりも僕の登場のタイミングだ。

一体どの場面で、どんな面ひっさげて出て行ったらいいものか、少々僕にはハードルが高い。……真面目に帰るか？　今日のところは出直した方がいいのかもしれない。

あれこれ考えていると、クラスの中から榊とかいう先生の声がする。

「……と、さて。こちらの自己紹介も済んだわけだし、そろそろお前達にも自己紹介してもらうとしようか。若干一名まだ来ていないようだが——なあ、廊下にいる男」

教室内へと視線を向けると、彼女とばっちり目が合った。

……一体いつから気が付いていたんだろう。少し恥ずかしい気もするが、おかげで登場の機会がつかめた。依然としてクラスの空気は最悪だけど、この機を逃したらたぶんタイミングなんて二度と来ない。

僕は勇気を振り絞って扉を開き、クラスの中へと足を踏み出す。

「……雨森悠人《あまもりゆうと》。学年でたった四名しかいなかった、今回の校則違反を免れた者の一人だったか。運よく校則違反を免れたと思えば、今度は最悪のタイミングで登場する。……貴様は運がいいのか悪いのかよく分からんな」

「……自分もそう思います」

いきなり『校則違反を免れた』と暴露され、訝《いぶか》し気《げ》な視線がクラス中から集まってくる。そんな『何で教えてくれなかったの』みたいな目で見られましても。この中で一人でも僕と連絡先交換してるヤツいる？　いないでしょ。

僕は視線を無視したまま、黒板に貼ってあった座席表通り着席する。

座席はシンプルに、男女別の出席番号順のようだ。

『あ』から始まる名字『あまもり』の僕を先頭として男子が窓際に縦に並び、その隣に女子生徒達が縦に並んでいる。

ということで、今回は窓際一番前という、授業中の先生からは比較的死角になりやすい位置に陣取ることが出来たのだが……背中に突き刺さる無数の視線がちょいと痛い。

「さて、全員がそろったところで自己紹介だ。一名ずつ、それぞれの名前と授かった『異能』、他に言いたいことがあれば言ってくれればいい。ちなみに異能を正直に明かす必要は一切ない。あえて強い能力を告げることで自身の印象を強くするのも一手だろう。……まあ、嘘が後でバレた時、その人物の信頼は地に堕《お》ちるがな」

その言葉に対する生徒達の反応は様々だった。

あえて強い能力——のくだりでニタニタと気持ち悪い笑みを浮かべていた霧道も、後の信頼が地に堕ちるのくだりで顔を真っ青にしていたし、さっきの倉敷とかいう委員長っ子はうむむと難しそうに顔を顰《しか》めている。

——と、そんな中、隣の席に座っている一人の少女が目に付いた。

腰まで伸びた艶のある黒髪。固く閉ざされた瞼は彼女から一切の感情を読み取らせない。

しかし、目を閉じていても尚《なお》、感じられる美しさがあった。

すらりと伸びた背筋と、模範解答を映したような座り方。

大理石の彫刻、って言われた方が納得出来る。

それほどの『美』の集合体が、僕の隣に座っていた。

……まあ、難しいことを言ったが、結論を言えばすごい美人。

あと、さっきから体幹が全く動いてないし、けっこう運動してるんですね、っていうのが素直な感想。それ以外は特にない。……ただ、こんな状況でも微動だにせずそこに在る『異様さ』はこのクラスでも少々目立ちすぎていると思う。

そんな彼女を見ていると、ふと、思い出す。

校則違反を免れた者が、僕を含めて四人いるということを。

「それでは座席順に、雨森。貴様からだ」

その言葉に、再び僕へと無数の視線が集う。半分くらいは先と変わらぬ鋭い視線。初日から随分と嫌われたものだと内心苦笑し、立ち上がる。

名前と、あと異能名だったか？　クラスメイトに言っておくことは特にないけれど……まあ、初《しょ》っ端《ぱな》くらいはシンプルでいいか。

僕は色々まとめて思考を放棄すると、ド直球に言った。

「雨森悠人です。異能は【目を悪くする】。どうぞよろしく」

着席した僕の背後で、クラスの空気が凍り付く。

僕の異能は【目を悪くする】。

効果は名前の通りだ。

触れた相手の視力を三秒間だけ悪くすることが出来るが、使い道は無い。

日常生活を送る上でもまず使わない。異能バトルなんてもってのほか。

他の異能のことは知らないけれど、たぶん、最弱だと思う。

――最弱だと思って、言った。

前を見れば、教卓に立つ榊先生は腹を抱えて笑ってる。

なんつー教師だ。辞めちまえ。とは思うものの黙っておく。

……というか、教師ですものね。最初から僕の能力は知ってたんだろう。

それなのに最初に自己紹介させるだなんて性格悪いなぁ。

ここに来て初めて人間らしい笑みを見せた彼女は、僕に対して問いかける。

「く、くく……っ、お、おい雨森、その効果はいかほどなんだ？」

「……三秒間だけ、ほんのり視界がぼやけます」

なんとも性格の悪い質問である。

それに答えてしまう僕も馬鹿なんだろうが、ここで見栄《みえ》を張って後で期待されても困る。

ここは気持ち自分の能力を下げて伝えるくらいが丁度いい。

ま、僕の能力に下げるところなんて無いわけだけど。

かくして、クラスに正直さで信頼を得ようという愚直作戦だったが――

「――っぷ、ははははははははは！　なんだそりゃあ！」

——結果としては大失敗。

霧道の爆笑が轟《とどろ》き、クラス中が笑いの渦に包まれた。

クラス中へと視線を巡らせると、男子も女子も、ほぼ全員が口をそろえて笑っている。

霧道のように大口開けて笑う者から、困惑ぶら下げ遠慮気味に笑う者まで幅広くいるが、そいつら全員が『笑ってる』ってことには変わりない。

うん。想定はしていたけど……気分は悪いなぁ。

冷静にクラスを見渡していると、その中で、何の反応も示さない——というか、真逆の反応を示している者が数人いた。

そして、その中でも最も反応が顕著だったのが、僕の隣人。

閉ざされていた瞼《まぶた》が開き、透き通るような緑の碧眼《へきがん》が露《あら》わとなる。

日本人離れしたその瞳には色濃く『怒り』の感情が浮かんでおり、おいおいどうする気だこの女、と考えるが早いか——

「——随分と性格が悪いのね、このクラスは」

凜《りん》——と、声が響いた。

笑いの渦を一蹴するような、鋭く、そして冷たい声色。

体の芯を直接突き刺すような重みに、周囲からの音が消える。

どこか冷たい静寂の中、その少女は一切のためらいなく立ち上がる。

「説教を垂れるつもりはないわ。けれど、私は今笑った者全てを軽蔑する。正直は美徳であって蔑まれるものではない。それが私の持論だし、何があっても曲げるつもりはない。以上、ただの感想よ」

それは、敵意たっぷりの鋭い言の葉の刃《やいば》。

されど今回、その刃を振るったのは——圧倒的な『美』だった。

どこか冷たく、それでいて溢《あふ》れんばかりの情熱を孕《はら》んだ美少女。

それも、巷《ちまた》のアイドルなんかとは明らかに一線を画す、絶対的な『美』をぶら下げた一人の少女だ。その熱は、美しさは、彼女の正論を一層補強する。

「私の名前は朝比奈《あさひな》霞《かすみ》。異能は【雷神の加護】、雷を召喚、使役し、完全に支配する能力。ちなみに先ほど先生の言った校則違反を免れた四人の内一人でもあるわ」

その言葉に、驚愕《きょうがく》がクラス中へと伝播《でんぱ》する。

かくいう僕だってびっくりした。え、何その異能強すぎない？

なんとなく『校則破らなかった一人かな？』とは思っていたが、まさかそこまで強力な異能を保有しているとは全く思っていなかった。

ふと、彼女の視線が僕へと向かう。

驚きに彼女を見上げる僕へ、右手で大きく髪を払った彼女は一言。

「夢は『正義の味方』。弱きを助け巨悪を滅する。そんなヒーローになる予定よ！　これ

から三年間、よろしく頼むわ、雨森くん！」

かくして彼女は、僕へと笑う。

氷のような冷たさと、少年のような情熱を併せ持つ異様な存在。

そして、おそらくは学年トップクラスの異能保持者。

対して僕は……なんなんだろうね、道端のゴミかな？

この接触が、この後どのような未来を描くのか。

そんなことは分からないけれど、とにもかくにも。

「……うっわ」

何だか面倒臭くなってきたなと、内心でこっそり呟《つぶや》いた。

☆☆☆

——その後。

なんだかもう自己紹介していられるような空気じゃなくなった（まあ、一応全員自己紹介はしたけれど）こともあり、僕らはその空気のまま初授業へと突入した。

一時限目は数学の授業。

この学園は全教科の授業を担任が受け持つ、小学校と同じシステムだ。

今も榊《さかき》先生が難しい公式について話してる。

授業内容としては、一般校よりはずっと難しい。そんな授業内容を難なく説明しているが……全教科、コレと同水準の授業が出来るのだとしたら、榊先生は優秀なんてレベルじゃないだろう。こんな支配者側の楽園みたいな学校で教師を務められているだけのことはある。

僕はシャーペンを片手に黒板を見つめていたが……。

「…………」

さっきから背中に突き刺さってくる視線が、ちょっとだけ鬱陶しい。

ようは朝比奈に酷《ひど》い言われようをしたけれど、なんだか本人には言い返せる気がしないし、とりあえず雨森《あまもり》に八つ当たりしよう。というやつだ。

まあ、視線の数は少ない。僕に悪感情を持っているのはほんの数人のようだな。

僕は気にしないことにして黒板へと意識を向ける。……だが。

「………ちらっ」

今度は隣からの視線が鬱陶しかった。

先ほどから『授業について行けてるかしら？　大丈夫かしら？』みたいなチラ見がとてもしつこい。僕はぎろりと『こっち見ないでくれます？』とアイコンタクト。

しかし、何故《なぜ》かその時に限ってこっちを見てない朝比奈嬢。おいコラこっち見ろ。

「……随分と余裕そうだな。雨森」

「……！」

目の前から聞こえてきた声に驚き見上げると、そこには冷笑を浮かべる榊先生。

ただし、その目は全く笑ってなかった。

「……私の授業で上の空とは良い度胸だ。Ｐ21、問三の問題を答えてみせろ。もちろん授業をまともに聞いていれば答えられる問題だがな」

その言葉に。

さっきまでＰ12やってませんでしたっけ？

という疑問は心の中にしまった。

21ページを開き、最難関大学過去問抜粋という文字が見えて眩暈《めまい》がした。

「……すみません、分かりません」

正直に答え、どうせまた笑われるんだろうなとため息を漏らす。

が、いつまで経《た》ってもクラスメイト達《たち》から失笑が溢れてくることはなく、不思議に思って隣を見れば――なんとまあ、美しいくらいにピシッと挙手した朝比奈嬢が。

その姿に男子からはため息が零《こぼ》れ落ち、女子は嫉妬も忘れて見惚《みと》れている。

で、何してんだろコイツ。

内心で首をかしげていると、件《くだん》の朝比奈嬢が口を開く。

「答えは『$3\sqrt{5} + 8\sqrt{7}$』でしょうか」

「……正解だが、何故貴様が答える、朝比奈」

「困っているクラスメイトを支えるのは当然では？」

鋭い視線で以《もっ》て榊先生へと言葉を返す朝比奈嬢。

彼女は僕へと視線を向けると、可愛《かわい》らしい微笑《ほほえ》みを向けてくる。

「駄目よ雨森くん、授業はちゃんと受けないと」

……はっはぁ！　誰のせいだと思ってるのかなぁ、ぶっ殺すよ？

そうは思ったが、何とか表に出さず、小さくお辞儀してやり過ごした。

そんな僕らのやり取りを見ていた榊先生は、大きなため息を漏らす。

――と、タイミングよく授業終了のチャイムが鳴り響いた。

「……まあいい。次回以降、気を付けることだな。以上で一時限目の授業を終了する。次は体育だ。各々更衣室にてジャージに着替え、グラウンドに集合すること」

かくして挨拶もなく授業は終了。

なんだか初日から教師に目を付けられ、クラスメイト達からは嫌われて。

もう色々な意味のため息が出て止《や》まないが、すぐに気持ちを切り替え、先ほど与えられたジャージを片手に移動を始める。

というのも、その理由は単純明快――

『第九項、授業の開始時刻を守ること。始業のチャイムが鳴った時点で授業を受ける準備が整っていなかった者は、原則として10万円の罰金、或《あ》るいは退学、いずれかの処置を受けねばならない』……と、こんな校則があるからだ。

まあ、書いてることは校則として妥当なんだろうけど、ただ、やっぱり罰金額がイカレてるよね。なに罰金10万って。ゲーム機二つは買えるよ。

そんなこんなで、僕は真っ先に動き出す。

あんまり長居して、朝比奈嬢だったり他の生徒だったりに絡まれても面倒臭いしさ。

そんな思いからの行動だったが――

「おい、ちょっ待てよ」

なんか、キム○クみたいなセリフが飛んできた。

振り返れば霧道《きりどう》……と呼ばれていた生徒が立っている。

明らかに染めてきました、と言わんばかりの茶髪に、人工的なくせ毛。

カラコンでも入れているのか灰色の目をしていたが、正直あまり似合っていない。制服を着崩し、クラスに一人はいるお山の大将ぶってはいるものの、あまりイケメンでもないため、正直言ってダサいと思う。

――結論、キム○クに謝れ。

「おい、雨森って言ったか？　てめー、随分と弱い異能に当たっちまったみてぇじゃねぇか！　対する俺は【瞬間加速】、速度なら誰にも負けねぇ最強の異能なんだぜ！」

僕は黙って隣の雷神を見る。……色々と察して彼へと視線を戻した。

「……それはよかったな。で、何の用だ？」

「あ？　んだよその生意気な態度。てめー、俺が本気出したら一瞬だぜ？」

一瞬でどうなるんだろう。少し気になったが、まあ、言わんとしていることは分かる。

霧道とやらは、先ほどから朝比奈嬢へと意識が向きつつある。おおよそ、クラスの美人な女の子に自分のいいところを見せつけたいんだろうさ。

ま、朝比奈嬢相手には逆効果だと思うけど。

彼女は席から立ち上がると、僕の目の前へとやってくる。

「――雨森くん。次は体育の授業よ。一緒に行きましょうか」

彼女からの助け舟。霧道に絡まれ続けるか、朝比奈嬢と一緒に動くか。

正直どっちも嫌だけれど、まあ、どちらか選ぶとしたら後者かな。

僕は体操着の入っている袋を担ぎ直すと、彼女について歩き出す。

「あ。ちょ、まだ話は終わってねぇぞ！」

後ろから霧道の喚《わめ》き声《ごえ》が聞こえてきたが、朝比奈嬢は我関せず。

「気にしたら負けよ雨森くん。貴方《あなた》は何も悪くないのだから」

言われずとも大丈夫だよ。

あんな小物、最初から気にも留めていないから。

☆☆☆

授業開始五分前。

あの後更衣室へと直行し、すぐさまジャージに着替えた僕は、ちょいと時間を潰してから集合場所であるグラウンドへと足を運んだ。

そこには既に僕以外のクラスメイトが全員集まっており、一人の生徒を囲んでちょっとしたお祭り騒ぎの様相を呈していた。

「ねえねえ！　朝比奈《あさひな》さんってどこ中出身なの？」

「朝比奈の言葉、なんかこう、胸に突き刺さったぜ！」

「それに【雷神の加護】って、なんか名前からして強そうだもんね！」

「雷を操るんでしょ？　なんかチートって感じだよねー！　羨ましいな！」

そう、囲まれているのは件の朝比奈嬢であった。

彼女は困ったように周囲を囲む女子生徒達（ちなみに一名ほど霧道という名の男子が混じっていた。彼のメンタルは鋼で出来ているのだろうか）へと視線を巡らせていたが、すぐに困ったように言葉を返す。

「……本当のことを言ったまでよ。それに、この異能を手に入れたのだって所詮は運。たまたま私がツイていただけ、って話でしょう」

「それでも朝比奈さんならあれでしょ！　なんかこう、それも必然って感じ？」

「そうそう、朝比奈さんだからこそ、って感じだよ！」

なんだか随分とテキトーなこと言われてるなぁ、と思いはしたけど、こうして朝比奈嬢がクラスメイトと話せているのを見て、少し安心した。なんだか僕関係で彼女まで孤立してしまうんじゃなかろうかと少し不安だったから。

さーて、これで、朝比奈嬢が僕を構わなくなったら文句なしだな。

どうすればいいのかな……と一人悩んでいると。

「いやー、雨森っていったっけ？　お前も災難だなー」

「……？」

ふと、隣へと視線を向けると、霧道と似たり寄ったりのチャラ男が立っている。

「烏丸《からすま》冬至《とうじ》」

「おっ、すごいな！　俺の名前覚えてくれてたのか」

彼はそう言って、にししと笑う。茶髪のくせっ毛に、十人が見れば十人が『チャラ男《お》』と答えるような風体だが、こうして話してみると彼に霧道のような悪意は無さそうだ。

彼は僕の肩へと腕を回すと、他には聞こえないよう声を潜めた。

「霧道、っているだろ？　あの、早速クラスで調子乗ってるヤツ。あいつと俺、地元が結構近かったみたいで、色々と悪い噂《うわさ》とか聞こえてたわけ」

「悪い噂……？」

僕の言葉に首肯し、烏丸は口を開く。

彼が語るのは、霧道という男にまつわる、本当に嫌な噂。

曰《いわ》く、殴り合いの喧嘩《けんか》で大勢の大人を病院送りにした。

曰く、女性関係でのトラブルが絶えなかった。

曰く、昔はボクシングジムに通っていて身体能力はピカイチ。

曰く、我《わ》が儘《まま》で短絡的。少し突《つつ》けばすぐにでも破裂する水風船。

烏丸から「まだまだあるぜ」と言葉が飛び出したところで、僕は頭が痛くなった。

「そんな奴《やつ》が、今じゃ異能を手にしてやりたい放題ってわけよ。……おまけに、雨森。俺の勘だと、霧道の今の標的はお前だと思うぜ」

「何故」

とは言ってみたものの、だいたい想像はつく。

その答えを烏丸が口にしようとしたところで――タイミング悪く、グラウンドへと榊《さかき》先生が姿を現した。それを見て烏丸も渋々口を閉ざす。

「続きは、またあとで話そうぜ」

彼はそう言ってクラスメイト達の方へと駆けてゆく。

その背を見送っていると……ふと、榊先生と目が合ったような気がした。しかし彼女は薄く笑うだけで僕に近づいてくることはない。

「さて、全員集まっているようだな」

彼女の声が響いた次の瞬間、始業のチャイムが鳴り響く。

僕も生徒達の集まっている方へと歩き出すと、……レーダーでも搭載しているのだろうか。途端にこちらを振り向いた朝比奈嬢が小さく手を振ってくる。

実に可愛らしいが、そのせいで生徒達から嫌な目で見られるから遠慮して欲しい。あえて気づかなかったように振舞って列に加わると、同時に榊先生が口を開く。――だが。

「では説明を始めるが――」

「おい、ちょっ待てよ榊」

途中で、彼女の言葉に口を挟む者が一人。

声の方へと視線を向ければ、怒りからこちらを睨《にら》んでいる霧道の姿があり、彼の様子にこの場に居た誰もが困惑していた。

それは僕や榊先生も例外ではない。

「……どういうつもりだ、霧道」

「あ？　どういうつもりもなにもねぇよ。昨日、勧誘しに来た部活の先輩から聞いたぜ。

この学校で体育の授業は、基本的に異能ありきでの戦闘訓練だってな。しかも初回は特別に生徒達による模擬戦を行わせるってよ」

……へぇ。この男が体育の授業を警戒して……いたかどうかは別として、先輩に聞くという最も効率的な手段で情報を入手していたとは。素直に驚いた。

「……その通り。この学園において、学業、部活動と並んで重要視されるのが、他でもない『武力』そのものだ。故に体育の授業では生徒達《たち》の異能を伸ばし、場合によっては身体能力の向上にも力を入れることを目的としている。そして、その初回にランダムで二人の生徒に戦闘を行わせる」

榊先生の言葉を受けて、霧道の顔に——醜悪な笑みが浮かんだ。

「だったらよ、俺とアイツに戦わせろや、榊よォ！」

霧道が指さしたのは……他でもない、僕だった。

それには思わず正気を疑う。なにあいつ、頭でも沸いたんだろうか？

周囲の生徒達は困惑していて、代表して倉敷《くらしき》が口を開く。

「ちょ、ちょっと霧道くん!?　なんで雨森《あまもり》くんを——」

「決まってんだろうが！　そいつがさっき、朝比奈のことを無視しやがったからだ！」

対して返ってきた言葉に、僕はギクッとした。……おそるおそる当の本人、朝比奈嬢を見れば、彼女は不思議そうに首を傾《かし》げている。

「……何を、言っているのかしら。私がさっき、彼に手を振ったことを言っているのだとすれば、単純に彼が気づかなかった、というだけでしょう」

「そ、そうだよね……？」

「うん、そう見えたけど……」

朝比奈譲の言葉に同意する声が聞こえてくる。

これでも嘘《うそ》と演技が得意なんだ。朝比奈嬢達の反応を見るに、さっきの『気づかなかった振り』がバレたというのはなさそうだ。

なら、どうして霧道はそんなことを……。

「――……あぁ、なるほど」

見れば霧道の顔は喜色に歪《ゆが》んでおり、反吐《へど》が出そうな程に忌ま忌ましい。

「その態度！　腹立つんだよお前よォ！　弱ぇくせに朝比奈に話しかけられて、挨拶までされてそれを無視たァ、てめーみてぇな雑魚が朝比奈に挨拶してもらうこと自体分不相応だと知りやがれ！」

多分、これは『嫉妬』と『見栄《みえ》』だ。

僕みたいな異能弱者が、クラスの美少女『朝比奈霞《かすみ》』に話しかけられていて腹が立つ。

だから、それを阻止したい。その雑魚を打ちのめして自分の強さをアピールしたい。

弱きを挫《くじ》いて強く在りたい。

朝比奈霞の隣は自分こそがふさわしいのだと、証明したい――とか。そんな感じか？

「ちょ、ちょっと待ちなさい霧道《きりどう》くん！　私は自分の意思で――」

「言われんでも分かってるさ朝比奈！　コイツみたいな雑魚がいるから優しいお前は時間を食っちまうんだろ？　ならコイツが居なくなればいい。それだけの話だろうがよォ！」

半分くらいは同感だが、残る半分は反吐しか出ない。

もう、ボコる気満々だよあいつ。やめてくれないかな。あれだけ自信満々ってことは、例の【瞬間加速】って能力も相応に強いんだと思うし。

そうなると、僕は一方的に嬲《なぶ》られるだけだ。

「……どうする雨森。受けるかどうかはお前に一任するぞ」

榊先生の、静かな声が聞こえてくる。

彼女はといえば、ゴミを見るような目で霧道を蔑んでいた。

そうだなぁ。……今のところ、僕に戦うメリットとかはなさそうなんだけど――

「はっ、逃げんのかよクソ雑魚が！　喧嘩する勇気もねぇ、異能は弱ぇし、ビビればすぐに逃げ出して……親兄弟の顔が見てみてぇなァ！」

「霧道君！　いい加減にしなさい！」

霧道に朝比奈嬢が激昂《げきこう》するが……確かに口がお悪い。少々耳障りになってきた。

僕は右手で頭をかくと、榊先生を見た。

「――これ、もう始まってる扱いでもいいですか？」

「ん？……ああ、なるほど。好きにやっていいぞ」

僕の真意を察したのか、にやりと笑って彼女は言う。

その言葉に、霧道も朝比奈もクラスメイト達も、全員が困惑ぶら下げる中。

――僕は、一息に駆け抜けた。

「へ？」

目の前に迫った、間抜け面。

歯には歯を、目には目を。害悪には――とびっきりの悪意で返礼する。

悪いね霧道。僕はそういうやり方しか知らないんだ。

「ぶげふぅっ!?」

霧道の顔面へと、不意打ちの右ストレート。

真っ赤な鮮血が噴き上がり、クラスから悲鳴が上がる。

少し吹っ飛んだ霧道は激痛に転げまわっており、僕はその姿を見下《みくだ》した。

「……うん。いいよ霧道。そんなに言うなら、戦おうか」

僕の言葉に唖然《あぜん》とする周囲と、爆笑してる榊先生。

「――ッ！　て、てめー……ッ！」

やがて、霧道が怒りと共に立ち上がる。

その目は殺意を帯びて僕を睨み、あまりの眼光に膝が震えるよ。

ひー、おっかねー。なんて危ない野郎に喧嘩を売ってしまったんだ。過去に戻って自分を殴ってやりたいくらいだ。だから見逃してくれませんかね？

今になって彼の『嫌な噂』を思い出していると、霧道が腹立たし気に叫びをあげる。

「気にくわねぇんだよ！　その無表情が！　睨まれようが何されようが、余裕を崩さねぇその態度がよォ！　ぶっ殺すぞてめー！」

余裕？　いやいや、そんなものは何もないよ。もしかして、表情があまり顔に出ないから勘違いさせてしまったのかな？　ごめんね霧道。

「安心してくれ。ちゃんとビビってるから」

「――ぶっ殺すッ！」

僕の善意100％の言葉に、彼は激昂した。不思議だなぁ。

怒りに満ちた彼は、異様な前傾姿勢を取る。

それは通常、人間が戦闘行為において取るべき姿とは正反対。隙だらけでありながら、咄嗟《とっさ》の反撃も出来そうにない。おおよそ戦術というものとは真逆に位置した――攻め特化の、走ることに専念したフォーム。

陸上のクラウチングスタートにも似ているだろうか？

普通なら笑うところだが、この学園には『異能』がある。

僕は警戒を強めるが……次の瞬間、僕の目の前に拳が迫った。

「――っ!?」

異能【瞬間加速】

おそらくその能力は名の通り、指定したモノの瞬間的な加速なのだろう。

それを霧道は自分の体に使用した。よって完成したのは、人知を超えた速度で発射される人体と、凶悪な拳。その速度……完全な不意で、咄嗟の反応は――まず不可能。

強烈な一撃が、顔面へと叩《たた》き込まれる。

衝撃と激痛。鼻の奥が鋭く痛む。真っ赤な血の味が口の中に広がり、僕は後ずさりながら自分の顔へと手を添える。うっわ、鼻血出てる。

「これで一発ッ！　さあ、まだまだこれからだぜ！」

僕のテンションだだ下がりに対し、霧道のテンションは天井知らず。

僕は両腕で顔面のガードを固める。そんな姿を霧道はあざ笑うと、再び彼の体が加速する。――直後には、僕の腹部へと拳がめり込んでいた。

「がは……っ!?」

身体そのものへの加速と、打撃のタイミングで拳への加速付与。

凄《すさ》まじい威力に、体がくの字にへし折れる。

「威勢がいいのは、最初の不意打ちだけだったなァ、軟弱野郎ォ！」

衝撃にガードが緩み、頭部へと拳が振り落とされる。

脳が揺れ、視界が霞《かす》む。

切れた額から血が溢《あふ》れ、視界の右半分を埋め尽くす。

……右目に血が入ったか。これ、あとで目を洗うの嫌なんだけどなぁ。

「オラァ！」

霧道の体が再び加速し、気が付けば僕は地面に転がっていた。

足払いか……いや、何か頬が痛いし殴り倒されたのかな。

霧道は倒れた僕にのしかかると、汚い笑顔で僕を見下ろす。

「けははっ！　どうしたよ、まだまだ楽しいのはこれからじゃねぇか！　オラ、さっさと立てよ、立てるもんならなァ！」

振り落とされる、拳、拳、拳。咄嗟に顔面のガードを固めるが、無理やりにこじ開けられて、無防備な顔面へと拳が降ってくる。

そのたびに鮮血が弾《はじ》け、あまりの激痛に顔が歪む。

「やっ、やめてよ霧道くん！　さすがにやりすぎだよ！」

「うるせぇ！　ムカつくこいつが悪ィんだよ！」

どこからか、倉敷とかいう委員長っ子の声が響く。

見上げれば調子に乗り始めた霧道。僕はちょっとイラっと来たので、彼の拳を受け止めると、思い切り奴《やつ》の顔面へと頭突きをぶちかます。

「痛ッッてぇ!?」

「ごめん、手が滑った」

あまりの痛みに霧道は僕の上から後退する。あまりにも痛そうだったので謝るが、怒りの視線が深まったばかり。

僕はよろつきながら立ち上がると、霧道もまた立ち上がる。

傍目《はため》に見ても限界が近い僕と、怒りで元気もりもりな霧道。

うーん、異能を使うか使わないかで、ここまで差が出るか……。

「殺すッ、ぜってー殺す！　てめーはもう地獄逝きだぜ！」

唾を飛ばす勢いでそう叫ぶ霧道。

僕が拳を構える……というよりガードを固めると、霧道は再び加速した。

ここに来て、本日最大の超加速。僕の目じゃ、もう残像すら追えない。

これが異能か……と身をもって実感していた。

その、次の瞬間。

――バチリと、僕の隣を稲妻が走り抜けた。

「そこまでよ、霧道君」

風になびく黒髪と、凛《りん》と響いた冷たい声色。

文字通り『異次元』な速度に、僕も霧道も……その場の全員が目を剝《む》いた。

少女は血に染まった拳を片手で受け止め、鋭いまなざしを霧道へ送る。

「これは模擬戦……雨森《あまもり》くんが同意した以上、ある程度は彼の意志を尊重するつもりだった。とはいえ、これ以上は行き過ぎと判断するわ」

「は、ハァ!? 何言ってやがる！ 止めんじゃねぇ朝比奈《あさひな》！」

「……あら、止めなくてよかったのかしら？」

彼女はそう言って霧道を睨《にら》むと、懐から生徒手帳を見せる。

……そうだな。きっとその画面にはこんな一文が記されているのだろう。

『第二項、相手に対する殺意を持った攻撃を禁ずる。これに反した生徒は退学とする』

その画面を見て、霧道の顔色が真っ青になる。

彼は焦ったように榊《さかき》先生を見る。彼の表情を見た榊先生は呆《あき》れたように口を開いた。

「止めに入るには最適なタイミングだ、朝比奈。あれ以上『殺す』と攻撃を繰り返していれば——霧道。二項に該当したものとみなし、私は貴様を退学処分にしていただろう」

「——っ!? ま、マジかよ……！」

さすがに『退学』の二文字を前にすれば、熱も冷める。

霧道は「あっぶねー」とか言いながら拳を収め、朝比奈嬢はため息を漏らす。僕は緊張が抜けてふらりと崩れると、たまたま近くにいた榊先生が僕を支えてくれた。……その際に、僕の耳元へと彼女は囁《ささや》く。

「……あまり虐《いじ》めてやるな。初日から退学者を出すところだったぞ、雨森悠人《ゆうと》」

他の誰にも聞こえない程度の、小さな声だった。

まったく、何を言ってるんだか。僕は虐められていた側ですよ？

別に、イラつかせて『殺す』という単語を引っぱり出し、そのまま都合よく排除しようだなんて、そんなことは思っちゃいない。

いくら鬱陶しい存在でも、僕の大切なクラスメイトだからね！

「心外ですね。僕は人生で一度も他人を陥れたことなんかないんですから」

「『人生で一度も』というセリフは、嘘《うそ》吐きの常套句《じょうとうく》と決まっている」

へぇー、そうなんですね。嘘吐きの常套句かぁ。

僕は人生で一度だって、嘘吐いたことないんだけどなぁ。

「……まあいい。雨森、お前は保健室へ行け。今日は保健室で寝てていい。さすがに、その怪我《けが》で授業を受けろとは私も言えん」

全身傷だらけで、正直立っているのがやっとの大怪我。

本来なら病院に直行コースだと思うけど、そこは異能のある選英学園の保健室。下手な病院より治療効果は大きいだろう。

「は、はいっ！　そしたら私が雨森くんを保健室につれてきます！」

ポニーテールの倉敷《くらしき》少女が、緊張気味に挙手をする。

すっごい勇気だな。血だらけの男子高校生に付き添うとか、並みの神経じゃ考えようともしないはずだけど。さすがは委員長っ子。

「倉敷か……。まあ、いいだろう。許す。早く連れていけ」

榊先生は少し考えた後にそう答えると、傍《そば》まで倉敷さんが駆けよってくる。

「それじゃ、行こっか、雨森くんっ！」

元気よく、それでいて僕を心配するような視線。

随分と器用な表情をするものだと思いつつも、僕は素直に頷《うなず》いた。

「……ああ、お手柔らかに頼む」

かくして、僕は学園生活の一日目を終える。

僕と倉敷が歩き出したその後方。朝比奈と霧道《きりどう》がまったく違う意味合いの視線を向けてきていたが、面倒臭い考察は後回し。

疲れたし痛いし……もうさんざんだし。

早く寝たい気持ちもあって、僕は倉敷さんと共に保健室へと急いだ。

☆☆☆

「痛っ……」

ズキンッ、と頬が痛んで氷嚢《ひょうのう》を顔に当てる。

あの後、倉敷さんと共に保健室へと移動した僕は、保健室の先生から様々な処置を受け、現在進行形でベッドに横になっていた。

隣を見れば、心配そうな表情で倉敷さんが僕を見下ろしている。

「大丈夫？　雨森くん……」

「まあ、なんとか。ありがとう倉敷さん」

やはりというかなんというか、さすが技術の粋を集めて作られた学校。見たこともない薬がたくさん常備してあって、保健室の先生がいくつかを注射（学校の保健室でやることか？）したところ、痛みも減ったし、怪我もだいぶ治まってきた。

「ったくー、酷《ひど》いことする奴もいたもんだね。何発殴られたんだい、それ」

「覚えてないくらいですね」

保健室の先生にそう返す。薬を飲んで大分ましにはなったモノの、まだ顔は腫れている。不幸中の幸いは、あれだけ殴られても骨には一切影響がなかったことくらいか。

「いきなり、大変なことになっちゃったね……ごめんね。本当は、私ももっと早く止めに入ればよかったんだけど」

倉敷さんが、本当に申し訳なさそうにそう言った。

……いや、さすがにそんな無茶は言えないよ。同級生の女の子に、男子同士の殴り合いに割り込んでいけ……とか、それどんな鬼畜ですか？

そう考えると朝比奈嬢は既に女の子ですらないわけだが。……にしても、速かったな【雷神の加護】。霧道の『自称最速』が早速敗れていたけれど。

「気にするな。……まあ、平穏が崩れそうなのは僕も嫌だけど」

僕は元来、平凡とか平穏とか、そういうのが好きだ。

ゆったりと平和な時を過ごしていると、なんだか無性に幸せな気分になれる。

だから、この学園に来てすぐに後悔した。今は榊先生から『許可』を頂いているから問題ないが、普通なら授業に参加していない時点で罰金確定だ。

僕は、壁掛け時計へと視線を向ける。

僕も倉敷さんも、始業のチャイムなんて既に無視してるし、そもそも授業に出てない時点で他の校則にだって引っかかっていそうなものである。

それが、教師の『許す』という一言で全て無効化されている。

これは言外に『校則よりも教師の言葉が優先される』と言っているようなものであり、生徒心得にあった『教師こそ絶対』という言葉の証明でもある。

つまり、教師が『罰金』と言えば罰金。仮に『退学』と言われれば、退学なのだ。

「――荒れそうだね、雨森くん」

保健室に響いた声に、ゆっくりと視線を動かす。

僕と同様、壁掛け時計を見つめていた倉敷さんの発言だ。

その姿に、発言に、僕は僅かながら疑念を持つ。

……この委員長っ子、こんなことを言うタイプだったたか？

「……えっと、倉敷、さん」

「あ、ごめん。脈絡なかったよね」

そう言って僕を見た時の彼女は、既に僕の知る委員長に戻っていた。

元気を象徴するような、オレンジに近い髪色のポニーテール。

くりくりとした瞳は真《ま》っ直《す》ぐ僕を見つめていて。

口の端から窺《うかが》える小さな八重歯が彼女の活発さに拍車をかけていたが——ふっと、その表情に影が差した。

「たぶん、霧道くんは朝比奈さんのことが……その、好き、なんだと思うんだ。だから、たぶんこれから荒れると思う」

……ああ、荒れる、ってそういう意味ね。びっくりした。

「……まあ、何とかするよ。それに、倉敷さんが気にすることでもない」

実を言うと、霧道の気持ちも分からなくはないんだ。

好きな子が目をかけた男がいて、そいつが気に入らなくて嫉妬している。

その気持ち自体は、青春してるなぁと片づけられるほど、年相応……高校一年生の男子として当然のものだと思う。……まあ、だからといって殴るのは頭おかしいけれど。

僕は内心でそうぼやき、再び時計へと視線を向ける。

既に次の授業が始まってしばらく経《た》つ。いつまでも保健室に居座られても落ち着かないし……ぶっちゃけ疲れたから寝たい。そろそろ帰らないかな、この子。

そう考え、僕は彼女へと口を開こうとした――次の、瞬間。


「――それじゃあ次からは、わざと殴られたりしないのかな？」


その言葉に、少しだけ固まって。

僕は目の前の少女に対する評価を、『ただの委員長』から一転させる。

「雨森くんってさ。実は、霧道くんよりずっと強いでしょ？」

目の前の少女は、可愛《かわい》らしい笑顔のまま僕を見下ろしている。

倉敷……たしか、下の名前は『蛍《ほたる》』だったろうか。

彼女は自己紹介時、『ほんの気持ち程度の身体強化』と自身の異能を告げていた。

間違っても強くなんてない……なんだったら弱い部類に属する能力。

その程度の身体強化で、あの攻防を見通せたとでも言うのだろうか？

「……はぁ。気でも狂ったか？　僕が、わざと殴られていたとでも？」

「えっ、だって雨森くん、霧道くんの動き全部目で追えてたじゃない」

さらに評価修正。

なるほどな。この少女は委員長ではない――ただの馬鹿だ。

僕がわざと殴られていた……？　勝手な憶測は勝手だが、根拠のない仮定を口に出すのは褒められないな。霧道の動きを目で追えていたというのも、きっと、この少女が『そう思いたいから』生み出してしまった捏造《ねつぞう》記憶だろう。

「倉敷さん。夢を見るのは自由だが……不謹慎だぞ。これでも怪我人だ」

「そ、そうだよね……。ごめんね雨森くんっ」

そう言って両手を合わせる少女。

ブラフか思い込みか知らないが……勝手に僕の強さを過大評価されても困る。

こういう悪質な善意の押し付け野郎は、さっさと遠ざけるに限るな。

僕は手早くスマートフォンを操作すると、校則の一文を彼女の前へと突きつけた。

「『第十項、授業中は原則として教室外へ出ることは許されていない。一切の許可無く、自らの意思で教室の外へと出た者は罰則として10万円の罰金、或《あ》いは退学、いずれかの処置を受けねばならない』。……榊先生の許可があるとはいえ、長居はしない方がいい」

明確に、この条項に今の状況は該当しない。だが、まだこの学園については分からないことが多すぎる。用が済んだのならば、早めに教室へと戻った方がいいと思うけど。

そんな僕の注意に、されど彼女はえへへと笑い、頬をかいた。

「心配してくれてありがとね。でも大丈夫っ！　トイレ行ってましたーって言い訳するからさっ。さすがに先生も女子にトイレを我慢しろー、だなんて言えっこないもんね」

「それも……そうか？」

言っちゃ悪いが、榊《さかき》先生は少々頭のネジが不足してらっしゃる。

彼女からはどことなく、今を真面目に生きていないような感覚すら抱いた。

そんな榊先生が女子生徒に『トイレ？　そんなものと授業のどちらが大事だ。もしもトイレだというのなら好きにしろ。まぁ、その場合はもちろん校則違反とさせてもらうがな』とかは言わな……言いそうだなぁ、あの人なら。

まだ出会って数時間だけど、彼女なら顔色一つ変えずに言ってしまいそうだ。

「真面目に帰った方がいいんじゃないか？　相手は榊先生だぞ」

「……うーん。確かにそういわれると不安になってくるけど、私としては一回の罰金よりも雨森《あまもり》くんの方が心配だしね。私のことは気にしないでよっ」

そんな素敵なセリフと共に、倉敷さんは優しく笑った。

うっわ、何今の悪質すぎない？　普通なら勘違いしちゃうよ。

勘違いして舞い上がって、告白して振られるところまで軽く想像出来ちゃったよ。

……ただ、残念。そういう思わせぶりは、僕以外の男子に向けた方がいい。

僕に何を言ったところで、僕からの君の評価は変わらない。

僕はため息を漏らし、彼女から視線を外す。

「……むう、私には興味ないかな、雨森くん」

「別に、そういう訳じゃない。気分を害したのなら謝るよ」

僕は人並みに、この少女に対して興味を抱いているさ。

クラスでも朝比奈《あさひな》に並ぶルックス。誰にでも優しく、健気《けなげ》で親切。

そりゃ人気が出るさ。僕だって、朝比奈嬢なんかとは比べ物にならないほどこの少女に注目してる。……だけど、倉敷《くらしき》蛍さん。

僕の注目は異性としてではなく——警戒対象としての、注目なんだ。

「まあ、僕は大丈夫だよ。僕のせいで倉敷さんが罰金になっても寝覚めが悪いんだ。ここは僕の顔を立ててくれると助かるな」

「……むぅ。その言い方は狡《ずる》いんじゃないかなー！」

分かってる。そういう狡さを承知で言ったから。

彼女が不満げに立ち上がると、タイミングよく授業終了のチャイムが響く。

「それじゃあ、そろそろ帰るね？　雨森くんにも言われちゃったしさー」

彼女はチャイムをＢＧＭに歩き出すが、扉を開ける直前で立ちどまり、僕を振り返る。

「ほいっ」という可愛らしい声とともに、彼女は折りたたんだメモ用紙を放ってきた。

「……これは？」

胸元へと落ちてきたメモ用紙を受け止め、問う。

彼女は可愛らしくウィンクし、唇に人差し指をあてて笑ってみせる。

「私の電話番号とメールアドレスだよっ。ＬＡＩＮのアカウント知ってる人はたくさんいるけど、電話番号を教えたのなんてこの学校じゃ雨森くんが初めてなんだから、しっかり登録しておいてね？　私、連絡待ってるからー！」

言いながら、彼女はパタパタと上履きを鳴らして保健室の外へと駆け出してゆく。開けっ放しにされた向こう側で足音が遠のいていくのを感じながら、僕はため息を漏らす。

「……青春だねぇ。羨ましいよ少年」

会話を聞いていた保健室の先生が、にやにやと笑いながら扉を閉める。

「……いや。あれは、誰にでも優しいだけですよ」

「そうかなぁ。お似合いのカップルに見えたけど？」

「目が腐ってるんですね」

僕はそう言って、布団にくるまり横になる。

その際に、僕は倉敷さんが零《こぼ》した『妄想』を思い出していた。

「……僕が、霧道《きりどう》よりもずっと強い、ねぇ」

そんなことは無いだろうけど。……もしも、仮に、万が一にそうだったとして。

僕が力を隠していて、それを倉敷蛍が見抜いたのだとしたら。

なあ、倉敷さん。あんたの異能は……本当に【身体強化】なのかなぁ。

「……嘘《うそ》は、お互い様だな」

案外、彼女へ連絡を取る日は近いのかもしれない。

第二章　学園生活

――翌日。学園生活二日目。

未《いま》だに体は痛むが、残念ながら授業を休む許可は榊先生から下りていない。

昨日とは異なり遅刻ギリギリの時間帯。足を引きずるようにして教室まで行くと、多くの視線が体に突き刺さる。

視線は、傷だらけの僕に対する同情がほとんどだったが、うち数名からは同情なんて生《なま》温《ぬる》いもんじゃない、侮蔑にも似た感情が送り付けられてきた。

「ぷっ！　おいおい見ろよ、負け犬様のご登場だ」

そんなことを言ってきたのはもちろん安定の霧道。朝から元気だなぁ。

どころか昨日の勝負がクラスカーストを変動させたか、彼の近くには同じ穴のムジナって感じのチャラ男が数名集っていた。

見た目はどこの学校にでもいそうなチャラ男グループ。されどそのリーダーが稀《まれ》に見るほどの自信家な上に、そいつら全員が【目を悪くする】ってよりも強い異能を持っていそうだから困りものだ。

「あっ、雨森くんおはよー！」

「……ああ、倉敷さん」

霧道達《たち》をガン無視して席に向かうと、その途中で倉敷さんが挨拶をしてくる。彼女はクラスの委員長的な存在でもあり、元気いっぱいなムードメーカー。僕みたいなモブいじめられっ子に挨拶しても『あの子優しいんだなぁ』で済むというものだが——

「あら、雨森くんおはよう」

その声が聞こえてきた瞬間、僕は思いっきり顔をしかめた。

相も変わらず凛《りん》とした佇《たたず》まい、たった一日でクラスの中心になりつつある我らが朝比奈嬢。……ここで無視すれば昨日の二の舞になるのは目に見えてるしなぁ。

挨拶しても『ヤツ』の機嫌が悪くなるのは想像つくが、まあ、無視よりは幾分かましだろう。そう思うことにした。

「……おはよう」

挨拶した瞬間、ギロリと霧道から鋭い視線を感じた。

僕は内心で盛大なため息をつきながら、視線を無視して自分の席にたどり着く。

あとはもう、平穏目指してまっしぐら。

誰にも絡まず、誰にも触れず。ただそこにあるのが当たり前の空気と化す。

自分から動かず、誰かが動けばその流れに沿って目立たず動く。

面倒臭いのに絡まれるより、孤独な灰色の高校生時代で僕は十分だ。

そうこう考えていると、隣から視線を感じた。

……色々と嫌な予感がしたため、僕は窓の方へと視線を逸《そ》らした。

「雨森くん、少しよろしいかしら」

「よろしくないので、話しかけないでもらっていいすか」

僕は視線を外したまま言うが、窓ガラスに映る朝比奈嬢はこっちをガン見している。視線だけで後ろの方を見ると、イライラした霧道も僕の方をガン見していた。話し声の内容も聞こえない距離だろうに、話しているだけでアウトなんですか、あの人。

仕方なく朝比奈嬢へと視線を戻すと、彼女は僕の瞳をじっと見つめて――

「雨森くんは、昨日一日休んでいたでしょう？　だから、昨日、色々と説明のあったことをよく知らないと思うの。だから――」

「あ、あーっ！　朝比奈さんと雨森くんっ！　ちょっとタイムー！」

絶望的な予感を前に、どこからか救いの声が聞こえてきた。

僕と朝比奈嬢の間に入ってきたのは、見覚えのあるポニーテール。

そう、昨日もお世話になった倉敷さんである。

彼女は僕らの間に立ちふさがると、焦ったようにわざとらしい声を上げた。

「そ、そこらへんは私がやるよー！　委員長だもんねー！」

倉敷さんはそう言ってから、霧道に聞こえないよう小声で言った。

（朝比奈さんっ、雨森《あまもり》くんとお話したいのはいいんだけど、霧道くんの目の前で言っちゃだめだよっ。また昨日と同じことになるんだから！）

彼女のささやきに、朝比奈嬢は「はっ」として目を見開く。

視線だけでクラスの後方——窓際最後列へと視線を向けた朝比奈嬢。彼女の瞳に不機嫌そうな霧道の姿が映り、目に見えて朝比奈嬢は落ち込んだ。

「そ、そうね……ごめんなさい。任せてもいいかしら」

「当然っ！　まっかせておいてよ朝比奈さん！」

倉敷さんはそう言って自分の胸を叩《たた》く。巨大な肉塊×2がぽよんと揺れて、男子諸君から盛大なため息が漏れた。まあ、僕はそんなものに興味はないから反応はしなかったよ。

……まあ、多少は見たけど他意はない。うん。

僕らの視線を知ってか知らずか、倉敷さんは僕の耳元に口を寄せる。

「ということで、私が色々と案内することになったけど……朝比奈さんも喋《しゃべ》りたいみたいだし、放課後、誰もいないところでなら、ちょっとはいいよね？」

「……まあ。それなら」

霧道さえいないなら、別に朝比奈嬢を避ける理由はない。

僕がそういう考えで頷《うなず》くと、倉敷さんは満面の笑みで頷き返す。

「それじゃ、そーゆーことで！　次の休み時間から色々おしえてあげるね！」

彼女はそう言って、元気よく駆けてゆく。その背を見送ってから朝比奈嬢《あさひな》へと視線を戻すと、彼女は暗い表情を浮かべて俯《うつむ》いていた。

……夢は正義の味方、だったか。

難しいよな。そんな幻想の中にしか存在しない職業を目指すのは。

少なくとも僕は、朝比奈嬢は頑張っていると思う。昨日、僕を助けたタイミングだって、色々と考え、悩んで、その末に導き出した答えだろうし。

こうして僕に声をかけてくれたことも、正直に言えばありがたかった。

——ただ、霧道という男が居なければ、の話だけどな。

正義の味方は、同じクラスメイトを敵として見られない。特に学園生活二日目の今では、難があるだけの味方、として捉えるだろう。再教育対象としてな。

随分とまぁ——甘っちょろいとは、思うけど。

「——ごめんなさい、雨森くん」

聞こえてきた謝罪に、僕は静かに視線を逸らす。

「気にしなくていいよ。……もとより、誰にも期待なんてしちゃいない」

赤の他人を信用するなんて、少なくとも、僕には考えられないことだ。

☆☆☆

「というわけで、雨森くんに色々と教えていこー！」

「おぉー！」

というわけで、昼休み。屋上へと続く小さな広間。

その場しのぎの嘘ではなく、本当に色々と教えてくれるつもりだったらしい倉敷《くらしき》さんは、僕を招集して元気に言った。……のは、いいのだが。

「……何故《なぜ》お前がここにいる」

「えー、俺が居たらお邪魔だった？」

にやにやしながら肩を組んできたのは、昨日も話した烏丸《からすま》だった。

同じチャラ男でも、霧道《きりどう》達と烏丸、何故ここまで違うのか。

顔面偏差値か？　近頃のイケメンは性格までイケているのか？　霧道の目なんて関係なしに、こうして話しかけてくれる。それだけで、烏丸がどれだけいい奴《やつ》なのか分——

「というか、クラスのマドンナと二人っきりにさせてたまるかよー！」

……前言撤回。倉敷さんに近づきたかっただけかもしれない。

僕はため息を漏らすと、そんな僕の様子を見た倉敷さんが顔を寄せてくる。

「ほら、もっとテンションあげてこーよ！　色々と暗い学園なんだからさ！　友達同士で話し合うときくらいは明るくしないと！」

そうだな。校則地獄の学園生活で、ただでさえお先真っ暗なんだ。せめて友達と……友達？　あれっ、僕、いつの間にこいつらと友達になったの？

友達って、こんな知らぬ間に出来てるものだっけ？　そんな疑問が脳裏を過《よぎ》ったが、わざわざ口に出して空気を悪くするのも嫌だ。

僕は余計な口を挟まず先を促すと、倉敷さんはＡ４サイズの紙を取り出した。

「じゃじゃーん！　雨森くんに教えること一覧！　授業中にいろいろとかんがえてみたんだー！　先生達には内緒だけどね！」

見覚えのあるプリントの裏側に、可愛《かわい》らしい文字でびっしりといろんなことが書いてある。授業中によくもまあこんなもの……って、ちょっと待て？

「それ、榊《さかき》先生の配った重要書類……」

「細かいことは気にしなーい！」

そう言って、彼女は広間に設置してある長机を前に座った。

僕と烏丸も彼女の対面に腰を下ろすと、彼女はそのプリントを渡してくる。

「はいっ、これね。榊先生が言ってたこと、だいたいぜんぶ！」

かくして僕は、彼女から受け取ったプリントへと目を通す――

☆☆☆

雨森くんに伝えておきたいこと、ベスト5！

○いちばん！

この学校では、毎月生活費が支給されるんだって！　日々の生活態度とか成績とか、いろいろ考えたうえで、支給額が決まるみたいだよ！　とはいっても、次の支給日は一か月後だし、今のお金は大切に使おう！　ちなみにバイトするときは、学校側のかなーり厳しい面接を突破しないとダメなんだって！　榊先生も「難しい」って言ってたよ！

○にばん！

この学園の異能についてだよ！　異能はだいたい四種類くらいに分かれてて、雨森くんや霧道くんの『普通の異能』が第四位、異能の名前に『王』がついているのが第三位、おなじく名前に『加護』がついているのが第二位だよ！　朝比奈さんの【雷神の加護】とか、学校で一番強いレベルなんだって！　神様の名前が入ってるし！

○さんばん！

この学校、3年間をとおしてクラス替えが無いんだって！　だから私達はそのまま二年C組、三年C組、ってあがってくみたい！　あと、A組は学年の中で優秀な人達が集められるって噂《うわさ》があるみたい！　あくまで噂だから気にしない方がいいかもね！

○よんばん！

やっぱりこの学校、敷地の外に出ることはゆるされてないみたい。外部との通信とかも出来ないから、何かあったらＳＮＳで発信！　みたいな、普通の青春は送れないっぽいよ！　ツミッターとか、雨森くん使うタイプだった？

○ごばん！

最初、雨森くんの異能のこと、笑っちゃってごめんなさい！

私もとても簡単な身体強化だし、異能が第四位なのはお互い様だね！

クラスのみんなも、雨森くんに笑っちゃってごめんなさいって言ってたよ！　霧道くんの前だから、怖がってみんな言えないみたいだけど、本当に言ってたから、これは信じてほしいな！　けっこう、雨森くんの味方は多いみたいだよ！

以上、倉敷蛍《ほたる》のプレゼンツ！　でした！

☆☆☆

「なんだこれ」

が、そのプリントを読んで最初の感想だった。隣を見れば、一緒にプリントを見ていた烏丸も微妙そうな顔をしていて、これを作った彼女だけが自信満々に胸を張っていた。

「どうさ！　これでも将来は小説家志望なんだよ！　えっへん！」

「いや、無理だろこれ……」

僕の隣に座った烏丸が即答する。倉敷さんは烏丸の言葉に限界まで目を見開くと、見るからにショックを受けた様子で肩を落とした。

「そ、そんな……自信あったのに」

悲しそうな倉敷さんの表情を見て、烏丸へと視線を向ける。

彼は『いや俺が悪いの!?』みたいな目をして僕を見たが、いやお前が悪いよ。僕でさえ空気を読んだんだ。色々と察してやりなさい。

「……色々と言いたいことはあるが……特に二つ。まず一つ目。異能は四種類って書いてあるが、その『序列一位』はなんなんだ？　書いてないけど」

「あっ、それね。榊先生が『理論上は可能性としてあり得る、ってだけの机上の空論』って言ってたよ。一種の都市伝説。現実的には絶対にありえない可能性だって。色違いのポケ〇ン三十四連続で出会うより確率低いみたい」

「それは……まあ、書かなくてよさそうだな」

なんだそのふざけた確率。そういう話を聞くと、事実上は加護が最上位ってことでいいんだろうな。しかも、その中でも最強の力を持った神の加護——朝比奈嬢の能力なんかは、学園でも五指に入るほど優秀なのかもしれない。

「で、そのもう一つ言いたいことっていうのは？」

「ん？　ああ……いや。それは何でもない。気にしないでくれ」

僕はそう言って、彼女へとプリントを返す。

……本当は聞こうかと迷った『もう一つ』聞きたかったこと。


『この学園を辞めた場合、僕らは無事に帰されるのか？』


過去二年間に生じたこの学園の退学者、数名。

その全員が行方不明になっている……というデマ情報。

だが、この学園の在り方を見ると『本当に？』と疑問が顔を出す。

本当にそれはデマなのか？　行方不明は本当で、学園がもみ消していただけなのでは？

そんな疑念を抱いているのは僕一人だけではないはずだ。現に、自主退学者が一人もいないのがその証拠だろう。……彼らも、心のどこかでは嫌な予感を抱いているのだ。

――この学園を辞めたら、自分は無事には帰れないかもしれない。

行方不明なんて、学園に入る前はただの『都市伝説』。

デマ情報と分かって、入学に際しての安心材料にしか過ぎなかった。

されどこの学校を知った今では、笑い飛ばせるような情報でもない。

入学してしまったが最後、卒業するまで無事に帰れる方法はない。

少なくとも僕は、パンフレットを見た時点でそれくらいの覚悟は決めている。

……まあ、ここで話すようなことでもないし、口には出さないけどさ。

「ありがとう、倉敷さん。いろいろと分かった」

「どーいたしまして！……ほかにも色々と言ってたような気もしたんだけど、詳しいことはおいおい、だね！　いつでも聞いてよ！」

「はい質問ー！　倉敷さんは彼氏とかいるんですかー？」

「そういう質問にはノーコメントだよ、烏丸くん！」

二人がそう楽し気に笑い合う中、僕はプリントの内容を思い出す。

先の文言にあまり不自然さや違和感はないが……学園生活初日、一番説明の多い日に途中退場したのは痛すぎたな。あまり霧道を刺激するべきじゃなかったか。

そうこう考えながら、ふと、視線を二人から逸《そ》らして。

何気なく、廊下の方へと視線を向けた僕は――

「……っ!?」

廊下の角からこちらを見つめる女を発見し、背筋が凍った。

その女は、廊下の角から顔だけ出して僕らを見つめている。

腰まで伸びた黒髪に、充血した瞳。この学校の制服に赤いリボン。一年生なのは間違いない……と、そこまで冷静に判別してからようやく気付く。

「……ちょっと、烏丸君」

「え？　なんだよいきなり――って、うおっ!?」

その人物の方を指さすと、烏丸はその人影を見て悲鳴を上げた。

しかし、彼はよくよくその人物を見てから、ポツリと漏らす。

「……えっ、朝比奈《あさひな》、さん？」

びくりと、黒髪の化け物が反応を示す。

倉敷さんは不思議そうに僕らの見る先を振り返るが、同時に黒髪は廊下の奥へと引っ込んだ。そして『んんっ、けほけほっ』とわざとらしい咳払《せきばら》い。

数秒経《た》ってから、廊下の向こうから完全無欠な朝比奈霞《かすみ》が姿を現す。

「あら。奇遇ね皆！　たまたま偶然、ここを通りかかったのだけれど！」

「「……たまたま偶然？」」

僕と烏丸の声が被《かぶ》った。

直接見ていなかった倉敷さんだけが状況についていけず首を傾《かし》げていたが……いや、見なくてよかったかもしれないよ。とんだホラー映像だったから。

えっ、朝比奈さんって、正義の味方……目指してるんでしたよね。

それが、ストーカ……いや、まだ断言しないよ！　まだ一回目だ。さすがにこれだけで変質者と断定するには早すぎる。まだ時期尚早だ。たぶん。きっとね！

「でもよかったわ！　雨森《あまもり》くんに必要な情報が伝わったみたいで！　まあ、当然会話内容とか聞いていないのだけれど。たまたま通りかかっただけ、なのだけれど！」

「いや、……まあ、うん」

僕は何も言えず、そんなあいまいな答えを返した。

朝比奈嬢が倉敷《くらしき》さんの隣に腰を下ろすと、目に見えて烏丸《からすま》の頬が引き攣《つ》る。

馬鹿ッ、やめとけ表情に出すな！　僕も今、この女が見た目通りの正義の味方なのか、半分ストーカーをこじらせた面倒臭い女なのか測りかねてるところなんだ。今は相手に情報を渡すべきじゃない！

「……烏丸」

黙っとけ、と肘で彼の横腹を突《つつ》く。対する彼の反応は過剰だった。

「うぇっ？　あ、あはは｜、な、なんだよ雨森くん！　あっ、そういえば用事があったの忘れてた｜、ごめんね倉敷さん朝比奈さん、先戻るわ！」

彼は流れるようにそう言って、勢いよく立ち上がった。

咄嗟《とっさ》に烏丸の腕を摑《つか》もうとしたが、逃げる方がわずかに早かった。

なんという危険察知能力。そしてここぞという時の逃げ足の速さ。

気が付けば烏丸は廊下の向こうまで駆けていて、僕は歯嚙《はが》みする。

あの野郎……僕を生贄《いけにえ》に置いて逃げやがったな！

「ど、どうしたのかしら。烏丸くん……？」

どうしたのかしら、じゃないんだよお前。お前だよお前。

僕は額に手を当ててため息を漏らすと、朝比奈嬢に向かって口を開く。

「霧道《きりどう》に見られたらどうするんだ……」

「安心して頂戴。異能を使って駆けてきたの。速度だけなら私は無敵よ。誰だって追いつけないし、そもそもどこに行ったのかも追えないわ」

なるほど。異能を使われたら逃げられない、ってことですね。

「それよりも、二人ともお弁当は食べたのかしら？」

朝比奈嬢はそう言って、持参したお弁当を机に出した。手作りしているのかな？　そっちの方がお金の節約になるんだったら僕も真似《まね》しようかしら——とか。恐怖から全然興味のない方向へと思考が揺れる。

「そういえば食べてなかったねー……、食べよっか、雨森くん」

「え？　あ、はい」

外から見れば、クラスの二大美少女と夢のランチ！

内から見れば、面倒臭い女とよく分からない女と地獄のランチ。

……僕はここに決意した。

烏丸、あいつは後で——絶対にシメる。

☆☆☆

そして時間は過ぎ、気が付けばもう放課後。

再び屋上手前の階段までやってきた僕は、目の前の少女から視線を逸らす。

「話なら手短に頼む。あまり暇でもないんだ」

実を言うと嘘《うそ》である。雨森悠人《ゆうと》はものすごい暇である。

友達なんて倉敷さんと烏丸しかいないからね。でも、学園生活二日目で二人も友達が出来たら十分すぎるほど恵まれているのかもしれない。そんな現実逃避を前に、目の前の少女は緊張気味に髪を弄《いじ》っている。

「ええ、時間を取ってしまって申し訳ないわね」

倉敷さんから言われていた『放課後に朝比奈と話す時間を作る』とかいう、アレ。

昼に会話したからなしでいいのでは？　とも思ったが、どうやら昼食のついでとして話す内容ではなかったらしい。

「――雨森くん、その、大丈夫かしら。体の方は」

「……まぁ、なんとかおかげさまで」

僕の体は、だいぶ全快に近いところまで来ている。

これも保健室の先生の応急処置と、謎の薬のおかげだろう。

そして、朝比奈嬢があのタイミングで止めてくれたおかげだ。もっと殴り合いが長引いていたら、それこそ命にまで危険が及んだかもしれない。

「止めてくれたことには感謝している。心配してくれてありがとう」

「どういたしまして――って、私は感謝される立場でもないのだけれど……っ」

朝比奈嬢は、らしくもなく慌てていた。何をそんなに緊張しているのだろうか。その姿を見て色々と考えていると、彼女はぽつりと語り出す。

「ご、ごめんなさいね。あまり、その、上手《うま》く言葉が見つけられなくて。こういうのは初めてだから、なんて言っていいものか……」

「……こういうの？」

問いかけて、すぐに察する。霧道についてのことだろう。

小学校、中学校と見てきたが、ああいう本当の意味でイカれた奴《やつ》はそうそういない。いくら悪ぶってる奴がいたとして、そいつらが集まって恐ろしい集団とかを作り上げていたとしても、所詮は烏合《うごう》の衆《しゅう》止まり。

告白したわけでもなし、気に入ったってだけの少女が他人に挨拶しただけで、その相手をぶん殴ろうとしたり、そういうぶっとんだ思考の持ち主は世界広しとはいえそうそう存在しない。何の後ろ盾もないくせに……あいつ何考えて生きてるんだろうね？

言語化すればするほど、本格的に霧道の頭の具合を心配してしまう。

「……霧道君は、きっと私が貴方《あなた》に目を掛けているのが鬱陶しいのよね。そして多分、それは私が貴方に話しかけなければ全て解決することだと思うの」

「……理解が早くて助かる。それじゃ、話は終わったな」

僕はそう言って、その場を去ろうと歩き出す。

だが次の瞬間、視界の端に雷が走り——気が付けば、朝比奈嬢が僕の腕を摑んでいる。

……初動がこの速さだったら、全力疾走時は自然の雷速にすら迫るんじゃないか？

まだ学園生活二日目、使いこなせないにしても、潜在能力まで含めると末恐ろしくなる力だ。……まあ、どうだっていいし、特別興味もないんだけれど。

振り解《ほど》こうとする僕と、がっしりと摑む朝比奈嬢。僅かな間だけ、僕と彼女の力比べ。

されど異能込みの彼女に勝てるとはどうしても思えず、僕はため息をついて力を解く。

「今、言っていただろう。霧道はお前のことが好きだから、お前が構う雨森悠人が気に入らない。お前が僕に話しかけていることへの不満が、結果として暴力になって僕を襲っている。現状はそれだけ。至極簡単なことだろう」

「……簡単、なわけないでしょう」

絞り出すような、彼女の言葉。正義の味方を名乗る『少女』が見せる本音。

「……私は、正義の味方になりたい。子供の頃に憧れた夢は今も褪《あ》せないわ。困っている人の下に駆けつけ、笑顔で助けてくれるようなヒーローに、私は必ずなってみせる」

「……立派な夢だな」

「そう、ありがとう」

彼女は、顔色一つ変えずに感謝を告げる。

だけどね朝比奈霞、今回に関して言えばそんな夢なんて関係ないんだよ。

他でもないお前が、原因の一端を担っているんだ。

なら、朝比奈がその原因にならなければそれで全てが解決する。それだけの話だ。

……だが、話の流れから、そう簡単にはいかないのだろう。

「……私は、問題に蓋をしたい訳じゃない。問題を解決したいのよ、雨森くん。貴方に触れないことで問題を先送りにしたい訳じゃない。私と、貴方と、霧道君と、三人で話し合い、妥協出来るところを探って……出来ることなら、クラスメイトとして仲良くしたい」

「……本当に、立派な夢だ」

先ほどと何ら変わらぬ答え。されど、含ませた意味合いは大きく異なる。

「あの暴れ馬を理論で押し留《とど》めるのは別にいい。が、それもお前の言う『問題を先送りにする』って話だろう、朝比奈さん。不満が溜《た》まるだけで何一つ解決になってない」

解決っていうのは、原因を排除することだ。

今回でいえば、朝比奈嬢本人か、あるいは霧道をこの学園から追い出すこと。

有り体に言えば退学処分だ。

幸い、この学園の校則は腐るほど退学処分と直結している。それらを使って霧道を退学処分に出来ないほど、朝比奈嬢は頭が悪くない。

「それとも何か、僕に学校を辞めろと？」

「そ、そんなことは言ってないわ！」

朝比奈嬢の声が響き、僕は目を細めた。僕の鋭い視線に彼女の体が一層縮こまるが、けれど、その瞳に宿った意志は揺るがない。

「私も、貴方も、霧道君も、誰一人として学園を辞めることなく、全ての問題を解決させる。それが私の、ヒーローとしての第一歩。少なくともこの問題が解決するまでは、貴方は私が、他の全てから守り通すわ」

彼女の言葉を受け、僕は思わず瞼《まぶた》を閉ざす。

だって、朝比奈嬢の言葉は、僕の目には眩《まぶ》し過ぎたから。

理想を語れるというのは、立派な才能だ。目指すべき『先』を見据えて努力出来る。

それはきっと何物にも替えがたい、朝比奈霞の天賦の才。

後天的努力は先天を優に超える。彼女はきっと、いつか誰より強くなる。

そんな予感が、僕にはあった。……だけどね。

僕は、全て理解を示した上で、こう贈るよ。

「――反吐《へど》が出るぞ、朝比奈霞」

僕は瞼を開く。彼女は大きく目を見開いて、僕を見上げていた。

「理想じゃ現実を語れない。夢を追う以上、お前は現実にはいられない」

夢は理想で、現実は残酷だ。

僕らが生まれた時からの一般常識。誰もが知ってる当然のこと。

その常識に異を唱える時点で――お前の行く先は目に見えている。

破滅だよ、朝比奈霞《あさひなかすみ》。お前ひとりじゃ、確実に擦り潰れる。

「お前は必ず、近いうちに失敗する。何も出来ずに歯を食いしばる」

お前は強くなるだろうさ。――けど、今回は、その時じゃない。

賭けてもいい。今回の霧道の件、お前は解決に立ち会えない。お前じゃあの害悪は解決出来ない。正義の味方に、身内の悪は裁けない。

お前は終始蚊帳の外で――気づいた頃には、全て手遅れだろうさ。

僕は彼女に背を向け、歩き出す。

歩き出しても彼女からの視線は逸らされることなく、僕は足を速めた。

……これも、僕の持論だが。

正義は悪には勝つけれど、巨悪も正義には勝つんだよ。

人質を取られ、それを取り返せるだけの情報もなく、格上だけで構成された敵に囲まれ、さらに脅されたりした日には、それで詰む。

現実は空想ほど甘くない。正義だけで行き着ける場所は限られている。

「台風は、いずれ潰《つい》える」

立派な夢だけで、現実は動いているわけじゃない。

現実を動かすのは――いつだって、泥のように醜い人のエゴ。

朝比奈霞を活《い》かすには……相応の、汚い闇が必要になってくるはずだ。

少なくともね、朝比奈霞。

正義の味方も人間なんだと、お前は根本的なことから確認した方がいい。

☆☆☆

翌日。学園生活三日目。やっと体から痛みも引いてきた頃。

比較的遅い時間帯に登校した僕だったが。

その日は、クラスの雰囲気が少し暗くなっていた。

普段ならクラスメイト達《たち》の話し声で満ちている教室も、どこか静かだ。

もしかして机にいたずらでもされたかな。そう思って自席へと向かうが、いつも通り、傷一つない真新しい机が迎えてくれる。

僕に関することでなければ……霧道か？　またなにかやらかしたのか？

不思議に思って隣を見れば、自称正義の味方は既に登校してきている。

しかし、彼女の放つ雰囲気に、僕はまたしても違和感を覚えた。

なんというか、初日に僕の異能が笑われた時と似たような空気感だ。

簡潔に言うと怒りのオーラ。それが彼女の身体中《からだじゅう》から立ち上っており――

「おはよぉーっす！……って、なんだこりゃぁ!?」

教室の後方から、霧道《きりどう》の巨大な怒声が響き渡った。

振り返ると窓際最後列、霧道の席の前に数人の人だかりが出来ていて、それらをかき分け自分の机を見た霧道の顔がみるみるうちに驚きと怒りに歪《ゆが》んでゆく。

「……一体何が」

そこまで口にして、霧道の視線が僕を捉える。

その瞳には大きな怒りが滲《にじ》んでおり、想定外の敵意に思わず身構える。

「雨森《あまもり》……ッ！　てめーか、てめーしか居ねぇよなこんなことする奴はよォ！　俺に殴られて俺の事恨んでるお前くらいしか、こんなことする奴はいねぇだろうがよ！」

「……何をいきなり」

激昂《げきこう》する霧道の方へと歩いてゆくと、自然と彼の席が視界に映り――目を見開いた。

『バカ霧道！』『死ね暴力野郎！』『チャラ男なのかヤンキーなのかハッキリしろ！』

『あんまカッコよくないって分かってる？』『不細工なのにカッコつけてるバカｗｗｗ』

『純粋にうるさい、勉強の邪魔。消えろ霧道』

彼の机に無数に刻み込まれていたのは罵倒の数々。

一文一文が全て異なる筆跡で机へと刻み込まれており、油性ペンで書いたものならいざ知らず、彫刻刀みたいなもので彫られた文字は机を取り替えない限り消えないだろう。

「……なんだこれ」

「しらばっくれてんじゃねぇぞ！　てめー以外に俺の事恨んでる奴がこのクラスにいるわけねぇだろうが！」

霧道の大きな怒声が響き渡る。あまりの大きさに他のクラスから野次馬達が集まってきて、クラスメイトの中には顔を顰《しか》めて耳を塞ぐものまで居る。

彼ら彼女らの表情には霧道に対する嫌悪感が滲んでる。

この様子を見る限り、クラスメイトの犯行なのは間違いなさそうだ。

……だが、一体誰がやったのか。

そう、顎に手を当てて考え込み――次の瞬間、顔面へと拳がめり込んだ。

強烈な衝撃と共に、後方へと勢いよく吹き飛ばされる。

「あ、雨森くん!?　なにをしているの霧道君！」

朝比奈嬢の、焦った声が聞こえてくる。

ポタリ、と何か制服に落ちて視線を下げると……制服に鼻血が滴っていた。

「ちょ、き、霧道くん！　さすがにやりすぎだって！」

「さすがに証拠もなしに殴るのは……！」

霧道の取り巻き二人が騒いでいる。……どうやらまた僕は殴られたらしい。

「うるせぇ！　コイツ以外にこんな執拗《しつよう》なことするヤロー、このクラスにいるわけねぇんだよ！　それともなにか、てめーらがやったとでも言うのか？　えェ!?」

「そ、それは……」

「ち、違うけど……」

おいおいもうちょっと粘れよ。僕だって無罪なんだぜ、それなのに殴られてるんだ。そろそろイラッときちゃうよ。まあ、無表情だから顔には出ないけれど。

鼻血を拭って立ち上がると、目の前には朝比奈嬢が、僕を庇《かば》うようにして立っている。すぐそばに倉敷《くらしき》さんが寄ってきて、隣から僕の身体を支えてくれる。

「だ、大丈夫、雨森くん……！」

「……まぁ、なんとかな」

せっかく傷が治ったって日にこれである。

なんだか気分が憂鬱になるが……所詮はそれだけ。

なにか復讐《ふくしゅう》してやろうって気にもならないし、そもそも復讐する必要性も感じない。

だいたい、そんな無駄な労力、必要がないんだ。だって——

「──朝から元気がいいな、霧道走《はしる》」

響いた声に、霧道の肩が大きく跳ねる。

見れば教室の入口には榊《さかき》先生の姿があり、彼女の瞳はいつになく鋭い。

「『第五項、生徒及び教師に対する暴力行為を禁ずる。これを破った生徒は被害者による容認がない限り、暴力の度合いに応じて罰金、或《あるい》いは退学、いずれかの処置を受けねばならない』──相応の覚悟は出来ているのだろうな？」

簡潔に言うと、殴られた側が許さない限り罰金あるぜ。しかも度合いによってめっちゃ罰金だから払えなかったら退学だぜ、って感じだろうか。

「な、なんだよそれ、知らねぇよそんなもん！」

「知らないも何も、貴様が校則を破ったことには変わりない。知らなかったのは貴様が校則を軽視していた故だと処理されるだろう。そして証拠もなしの一方的な暴力……最低でも20万は見ておけよ、霧道」

個人的には『下の名前、はしる、っていうんだなこいつ』ってのが大きいんだが、どうやら状況は霧道の似合わない下の名前に感想を抱いてる場合ではないらしい。

「お、おい雨森！　よくわかんねぇがてめーが許せばその罰金ってのもねぇんだろ！　おいコラ許すって言いやがれ！　てめーはこういうところでしか役に立たねぇんだから。せめてクラスに貢献しろよこのダボ！」

わぉ、なんつー暴言。うっかり『許すわけねーだろダボォ!!』と叫びたくなった。

けれど、そんなこと言ったら喧嘩《けんか》になるしなぁ。

それに、榊先生が言った言葉……最低20万、か。

その言葉を思い出し、少し考え。

結果として、内心と正反対の言葉を贈った。


「……ああ、今回はなかったことにする」


僕の言葉に、クラス中が啞然《あぜん》とする。

制裁する気満々だった榊先生も驚いている。朝比奈嬢なんてもう、驚きすぎてアホみたいな顔してた。……ただ、馬鹿丸出しで喜んでるのは霧道一人。

「ハッ、そう来なくっちゃな！　おい雨森！　てめー俺の机にあんなことしやがって、後で覚えとけよオラ！」

かくして霧道は自分の席へと戻ってゆく。

落書きされた机は彼の取り巻きAの机と交換され、不幸にも取り巻きAはこれからの授業、あのイジメ机を使って受けることになるのだろう。ドンマイ同情はしないけど。

「……おい、雨森。貴様、自己紹介を聞いた時から正気ではないと思っていたが……本当に何を考えている？　馬鹿か、馬鹿なのかお前は」

「……酷《ひど》い言われようですね。否定はしませんが」

いつの間にか近くへと寄ってきた榊先生が、倉敷さんの反対側から僕の体を支えてくれる。……ただ望むことが可能なら、もうちょい僕のこといたわって欲しい。馬鹿とか連呼しないで欲しい。事実だから心に深く突き刺さる。

「あんなのは20万毟《むし》り取り、残り10万ぽっちに追い込んでから、あの手この手で焦らせ弱っていく様を眺めているのがいいんだろうが」

「性格最悪じゃないですか」

榊先生のイカレたセリフにツッコミ一つ。僕は大きく息を吐いた。

「……にしても、霧道いじめられてるんですかね」

二人に体を支えられながら、呟《つぶや》く。

もちろん二人の耳には届いただろうし、声の大きさミスったせいかクラスメイトの耳にも届いただろう。幸い、取り巻き達に怒鳴り散らしている霧道には聞こえなかったみたいだが、それでもその言葉には、誰も返事は寄越《よこ》さない。

ただ、今の一言でまず間違いなくみんなの心に疑念が生まれた。

【霧道走が、クラスの誰かに疎まれている】

それは各々の心の中に暗い炎として燻《くすぶ》り続け、いつの日か霧道が再び問題を起こしたその時、彼に対する負の感情へと昇華する。

ま、現時点でクラスに多大な騒音を撒《ま》き散らしている霧道だ、もしかしたら既に彼に対して『嫌だな』と思い始めた生徒だっているかもしれない。

「ま、どうだっていいですけど」

霧道走。このクラス一の問題児。一年C組の不穏分子。ことあるごとに僕に絡み、朝比《あさひ》奈《な》霞《かすみ》に執着し、他を顧みない自己中心的な言動を繰り返す馬鹿。

そこまで考え――僕は嗤《わら》う。

「……っ」

隣で、榊先生が息を呑《の》むのが分かった。

今、僕はきちんと笑えているだろうか。

ま、そんなことなんて分かり切ってるし。

別に興味もないからどうでもいいのだけれど、とりあえず霧道。

――お前、ちょっと度が過ぎたな。

朝比奈嬢に思いを寄せるだけなら良かった。

最初の一回、授業で僕のこと殴って全て収めてくれるなら、まだ良かったんだ。

だけど、全く身に覚えのない原因から第三者へ暴力を振るうようなことは——正直、容認出来ない。それはさすがに、耳障りだし目障りだ。

今も彼は怒鳴り声を撒き散らす。

もう、ずいぶんと遊んだだろう？　好きなように、学園生活を謳歌《おうか》出来ただろう？

もういいよな、霧道。別に悪いとも思わないけど。

そろそろ僕は、お前を潰しても……問題ないよな？

ああ、でも安心してくれ。僕は榊先生よりずっと『優しい』からさ。

20万だなんて残酷なことは言わないよ。

——もっと寄越せと嗤うだけさ。

抵抗するのは認めるよ。

ただ、お前が好き勝手やるように。僕もまた、勝手にお前を終わらせる。

言ってしまえば、それだけの話だ。

「……雨森。昼休み、職員室へ来い。話がある」

いつになく真剣な顔で、榊先生が僕を見下ろしている。

「奇遇ですね。僕も……先生には聞きたいことがあったんですよ」

僕の回答に、彼女は顔を強張《こわば》らせる。彼女は霧道の方を一瞥《いちべつ》したが、やがて、何かを諦めたような顔でため息を漏らした。

「……ああ。なるべく、穏便な話を所望するよ」

安心してくださいよ、先生。

僕は今まで、一度だって他人を傷つけたことはないんですから。

☆☆☆

そしてその日の昼休み、僕は職員室へ呼び出された。

ただし、全校放送だった。しかも内容が酷かった。

『あー、テステス。一年C組、雨森悠人《あまもりゆうと》。一年C組、雨森悠人。連日殴られ続けで頬が痛いなどという理由での拒絶は許さん。お前に昼、一緒に食べる友達がいないのも調査済みだ。可及的速やかに職員室へと来い。繰り返す――』

とまぁ、繰り返された回数、五回くらい。

六回目の途中で職員室隣の放送室へと殴り込み、無理矢理放送を止めてやった僕は、そのままの流れで職員室の一角にある、応接室へと通されていた。

「孤独なお前に情けをかけて昼食に誘ってやったんだ。涙を流して感謝しろ」

「ええ、ここに来るまで何回か泣きそうになりました」

放送室へと向かう中、流れ続けていた僕の悪評。

しかも回を重ねるごとにあることないこと色々思いついちゃうのだろう、最後の方なんてもう耳を塞ぎたくなるような罵詈雑言《ばりぞうごん》の嵐だったし、さしもの無表情でも少しは泣いた。涙は出なかったけど心の中では確実に泣いた。

「で、なんの用ですか。わざわざ放送しなくても来るつもりでしたよ」

購買で買ってきたパンの包装を開けながら問う。

見れば彼女は……羨ましい、出前でも頼んだんだろうな。ずぞぞとラーメンを啜《すす》っており、純白の白衣にラーメンの汁が飛び散ってゆく。たまに白衣が汚れてるから気になってたけど榊先生、女の人なんだし少し見た目のこと気にしなさいな。

「……なに、そろそろ貴様の真意を知っておきたくてな。ああ、これは学校としての方針ではなく、私個人の興味でしかない。だから、いくら学校の罵詈雑言を吐こうと聞かなかったことにする。母や姉に誓ってそこだけは約束しよう」

「……はぁ」

あんたの母と姉がどれだけ信頼出来るものか知らないけど、真意……ねぇ？

目立つことなく、誰にも絡まれることなく、平穏に、それでいて自由に暮らしたい。

それくらいしか、パッと思うことは無いのだけれど。

「強いて言うなら……校則キツすぎません？　ただでさえ厳しいのに、一つ破った時点で最低でも10万円罰金とか……、学園長は頭でも沸いてるんですか」

端的にそう告げると、彼女はふっと苦笑を浮かべる。

「……外でそのような発言は絶対にするなよ。それに、私からは肯定も否定も出来ない。学園長——八雲選人《やぐもよりひと》は教師の中でも頂点に位置する、いわば【学園の神】だ。この場所における最高最大の【絶対】だ。私らでも逆らえん」

「へぇ、学園長が」

短く答え、パンをかじる。……さすがは安物、口の中がパッサパサになるな。

なんかお冷《ひや》の一つでも出ないのかと彼女へと視線を送っていると——

「ん？　食いたいのか、ラーメン」

「要らないっすよそんな食いかけ」

何を勘違いしたかそんなことを言ってくる。

なんというか……この人は本当によく分からない。教師側として生徒を支配したいと思っているのか、はたまたその裏で学園に対してなにか思うところがあるのか、あるいはただ何も考えていないだけなのか、それとも——

「……まぁ真意でもなんでも答えますけど、その前に、とりあえず一つだけいいですか」

そう前置きして、僕は彼女へと端的に言う。

「——榊先生、実は一つ、金で借りたいものがあるんです」

「……借りたいもの？　それは私の所有物か、あるいは学園の保有物か？」

「後者ですね。この校舎内にあるものなんですけど」

周囲へと視線を巡らせる。人の気配はあるが距離はあるし、聞き耳を立てているような様子もない。……まあ、聞かれたところで、別にどうとでもなる話なのだが。

「実は――」

かくして僕は、提案する。

僕の言葉を聞くにつれ、榊《さかき》先生の表情は強張ってゆく。

この時期に、こんな提案をするような生徒が、過去三年間に一人でも居ただろうか。

……いいや、断言するが居ないだろう。最初期、学園の情報も十分にそろわない中、手持ちの金は慎重に使おう――というのが定石。誰がどう考えたってそうだ。

しかし、確実に50万近い金を持っていられるのも、最初期の大きなメリット。

最初の罰金にさえ引っかからなければ。

それなりに大きな買い物をしたって、一か月程度なら生活していける。

「――どうですか。借りられそうですか？」

「……可能だ、とは思う。しかし、30万は要るぞ」

「安い買い物じゃないですか。まだ、18万は残る」

彼女の脅しにそう返すと、榊先生はあきれ交じりのため息を漏らした。

「……まあいい。正気ではないと思うが、手続きは私の方で済ませておこう。明日の朝からは、問題なく使用出来るはずだ。代金はお前の持ち分から差し引いておく」

「ありがとうございます。とても助かりました」

必須……というわけではないが、それがあるのとないのとじゃ大分変わるからね。

彼女から確約をもらった僕は、その後も、榊先生から問いかけられる質問をテキトーに流しつつ、時に質問を返し、それなりに有意義な時間を送った。


そして気が付けば、もう昼休みの終了時刻。

時刻は既に午後一時目前。今から走っていけば何とか始業には間に合うか……といった、かなりギリギリの時間になっている。

僕が焦りながら立ち上がると、目の前の榊先生が制止をかけた。

「待て雨森。私の話に付き合わせていたんだ。今回はお前の校則違反には目をつむる」

その言葉にほっと一安心。

いやー、がっぽり散財した後だからさ。罰金受けてたら退学寸前だったよ。

いいね、校則の『原則として』って言葉。最高だね。

とりあえず榊先生に恩とか売っとけばだいたい切り抜けられそうな感じするし。

と、僕は思う訳だが——そう思わない生徒も中にはいるに違いない。

例えば……そうだな。責任感の強い正義の味方とか？

「さて、そろそろ授業に向かうか。さすがに教師が五分も十分も遅刻していたら示しがつかない。朝比奈あたりに木っ端微塵《こっぱみじん》に言い負かされてしまいそうだ」

「榊先生が？　冗談にも程があるでしょう」

間違ってもこの人が論破される姿とか想像つかない。

そう言い合いながら、僕らは二人教室へ向かう。

周囲の教室では既に授業が始まっており、一年A組、B組と通り過ぎていく際、クラスの中から奇異の視線が僕らの体へ突き刺さる。

嫌だなぁ、なんか目立ってるなぁ。

そんなことを思いながらA組とB組の中を覗《のぞ》き込んでいると……ふと、一人の生徒が目に留まる。眩《まばゆ》いほどの髪色に、どこまでも澄んだ宝石のような瞳。まるで、そこだけが別空間であるかと錯覚するほど、清廉な空気が少女の周りには漂っていた。

……見間違いかな、なんか知り合いに見えたけど、とりあえず見なかったことにする。

「さて、遅刻を責められなければいいが」

気が付けばC組の前に着いていた。……既に始業時間は十分以上過ぎている。

彼女は笑顔で扉を開くと、一斉に視線が僕らの体へと突き刺さる。

なんだコイツら遅刻しやがって、みたいな視線に少しびっくりしたが、多分こんなこと思ってても無表情なんだろうなぁ、と独りごつ。不便なり無表情。

「さて、遅れたが授業を始めるぞ。雨森、席につけ」

「……はい」

素直に答えて着席すると、同時に榊先生が教科書を開く。

今日の五時限目は数学。この前意味不明な問題を突きつけられたトラウマが再発しそうだが、もしもそうなったらその時はまた朝比奈《あさひな》嬢でも助けてくれるだろう。

そう、一人考えていた——その時だった。

「——先生、一つ質問があるのですが、よろしいでしょうか」

凜《りん》、と声を発したのは僕の隣人、朝比奈霞《かすみ》。彼女は絵に描いたような綺麗《きれい》な姿勢のまま挙手しており、その姿に笑みを深めた榊先生は首を縦に振る。

「あぁ、遅刻したのは私だ。質問一つで不満が収まるならそれもいいだろう」

どこまでも上から目線だよなこの人。もうちょい優しい言葉遣いとか出来ないものなんだろうか。そんなことを考える僕をよそに、朝比奈嬢は口を開いた。

「雨森くんは今、授業開始に間に合わなかったわけですが、彼は校則違反として罰を受けたのでしょうか?」

その言葉を聞いた瞬間、僕は確信した。

朝比奈霞はもう、校則の穴に気付いている。気付いた上での質問……否、確認なのだ。

榊先生は楽しげな笑みを浮かべており、朝比奈嬢に対して端的にこう答える。

「『受けてない』。教師が校則違反の原因を作っておいて、その始末を生徒に押し付けるのは違うだろう。とてもシンプルで、簡単な回答だよ、朝比奈霞」

榊先生の言葉に、朝比奈霞は動じない。ただ、その瞳には揺るがず正義の炎が燃え続けており、その視線を真正面から受ける榊先生もまた、笑みを崩さない。

にらみ合うこと、数秒。

やがて、痛いくらいの沈黙の中で、朝比奈嬢は核心を突く。

「……校則よりも教師の言が優先される、と。つまりはそういうことでよろしいですか」

クラスにどよめきが沸く。

朝比奈嬢も頭の回転は速いんだ。今までは霧道《きりどう》や僕のことで頭が回っていなかっただろうが……今回の件で、彼女はついに、その問題点へとたどり着いた。

「つ、つまり……？」

「な、何言ってんだ、二人とも……」

「どういうことなの、朝比奈さん……？」

クラスの大半が、会話についていけずに困惑している。だが、クラスを見渡せば何人か難しい表情を浮かべている者もいる。そいつらはきっと、もう分かっているはずだ。

朝比奈霞が言いたいこと。

それは、恐らく――

「簡潔に問います。どれだけ校則を守っていようと、教師が『退学』と言えばその時点で私達《たち》は退学処分になる、と。そういうことも有り得るわけですか？」

「当たり前だが、それがどうした？」

問いかけもそうだが、答えも答えで衝撃的。

全く気づいてなかった生徒からすれば青天《せいてん》の霹靂《へきれき》というか寝耳に水というか。テキトーにそれっぽい言葉使ってるから意味合ってるか分からないけど、とりあえずまぁ、驚いたことだろう。

「ちょ、ちょっ待てよ！」

第一声は決まってキム○クみたいなことを言い出すでおなじみ、霧道。

「そ、それってておかしいだろ！　なんだよ教師が退学って言ったら退学ってよ！　何考えてんだよおまえら、頭悪いんじゃねぇのか！」

「……ほう、それは学園に対する暴言と見ていいのか霧道。私の一存で退学処分にしても今回は許されそうな気がするな」

「……っ！　ふ、ふざけんなよ……ッ」

榊先生によって強制的に黙らされてしまう霧道。

先生、霧道もこの先短い命なんだから、優しくしてやってくださいよ。

「……職権乱用、ではありませんか？」

「なにを言う朝比奈、これは学園長自ら認められたれっきとしたルールだ。生徒心得にもあったろう。教師と学園こそが絶対だと」

「……それは、校則すら超えるものだと？」

「その通りだ。全く頭の悪い者と話すのは疲れるな朝比奈。賢い奴《やつ》なら雨森《あまもり》を初日に休ませた時点で気づいていてもおかしくはなかったぞ」

煽《あお》る煽る、榊先生、すっごく煽る。もはや悪役のごとき長ゼリフに内心で苦笑していると、それを受けた生徒達から目に見えて怒気が膨れ上がる。

「そ、そんなクソったれなこと言いやがるなら、こんな学校辞めて――」

「――辞めて、その先は？」

霧道の言葉に、朝比奈嬢が問う。

……その先なんてないかもしれない。

噂《うわさ》に挙がった過去の事件が、今の学園の在り様が。

最悪な可能性となって、霧道ら反感を持つ生徒達の動きを止める。

青い顔で押し黙る生徒達。その中でも朝比奈嬢だけは前を向き続ける。

「……私は、そのような理不尽、許せません」

「社会は理不尽で出来ている。それを前に許せないなどと……貴様は社会に出た時、理不尽に直面する度上司に直訴するのか？　社長に苦言を呈するのか？　全くこれだから子供は困る。夢を見たいなら親のすねかじりにでもなればいい」

榊先生の冷笑は、いつの間にか嘲笑へと変わっている。

「今を見ろ、正義の味方。これが現実で、これが現代社会の縮図なんだよ」

きっと、彼女の言うことも正論なのだろう。

そして、朝比奈の言うことも、正論なのだ。

僕個人としてはそういうの度外視して『校則キツすぎね？』って感じなのだが、感情論がそこに介入してしまうと一筋縄ではいかなくなる。

「……分かり、ました。それが学校としての見解ということでよろしいですね」

「ああ、どの教師に聞いたところでこのような答えが返ってくる。……ま、過去には突っかかって行った時点で退学、となった生徒もいたがな」

榊先生からの最大限の脅し。されど朝比奈霞は揺らぐことなく、正義の炎を瞳に灯《とも》す。

その姿は正《まさ》しく希望、生徒達にとっては大きな光。

そして、生徒達にとって学園は『頭のぶっ飛んだ巨悪』そのものに見えるだろう。

「………………」

会話の流れから興味を失った僕は、窓の外へと視線を向ける。

春の日差しは未《いま》だ暖かく、桜の花びらが風に舞う。

春だ、誰しも希望を抱き前を向く春。

にも関わらず、教室内に漂うのは絶望感だけ。

「さて、と」

誰にも聞こえないような独り言を漏らし。

榊《さかき》先生に見えないようにスマホを取り出すと、ある人物へとメールを送った。

☆☆☆

——雨森悠人《ゆうと》という人物を、一言で表すなら。

少し考えてみたけれど、結果としては【嘘吐き《うそつ》】という一言に尽きるだろう。

常日頃から嘘を纏《まと》い、口から出まかせを噴き溢《こぼ》す。第三者が僕に抱く印象なんてのは全て間違っていて、本当の僕は、もう、僕自身でだって分からない。

そのくせ自己主張は激しく、嫌なものは嫌だとハッキリ断言出来る。

面倒臭いこと。回りくどいこと。そして、自由を妨害されること。

その中でも今回は、時間の浪費について語ろう。

目の前にある、目を覆いたくなるような問題。

……もうこの際明言するが、霧道のことだ。

僕はこれまで、彼を観察し続けてきた。何かしら役に立つのではないか。活《い》かしておいた方が他のクラスへのけん制になるのではないか。馬鹿ながらいろいろと思考を巡らせて、あいつの使い道について考えてきた。

で、結論――そんなものはなかった。百害あって一利もなかった。

となれば、もう、さっさと終わらせるに限るだろう？

「――悪いな、こんな場所にまで呼び出して」

振り返り、目の前に立つ生徒へと声をかける。

仮に、僕に奴をすぐに終わらせられる力があったとするなら。

きっと僕はその瞬間に終わらせる。終焉《しゅうえん》を確信出来た瞬間に、終結させる。

……じゃないと、それは単なる娯楽になるだろう。

僕は他人を蹴落すことに面白味を感じないし、そこまで人間として終わってもいない。

まぁ、人を地獄に叩《たた》き落すことに何も感じない時点で、ある意味それは『終わっている』と言えるのかもしれないが。

とにかく、僕もそろそろ動き出そう。

教師による校則のねじ曲げ。決して分かり得ぬ霧道の言動。正義の化身、朝比奈霞。

加えて、他クラスにまだ二名、校則違反を免れた奴が存在している。

彼らが敵としてC組の前に立ち塞がった時、クラス内不和に構っている余裕はない。

――つまり、何が言いたいのか。

「霧道を排除する。手を貸せ倉敷《くらしき》」

僕は、目の前の少女へ向かってそう告げた。

「…………………………えっ？」

彼女は、長い沈黙の後に驚きの声を漏らした。

その目は信じられないものを見たと見開かれており、ぱくぱくと口は開閉している。

時は放課後。僕は倉敷へとメールを送り、彼女を使われていない教室へと呼び出した。

当然、今まで通り探りなど入れない。僕は真正面から本題を切り出した。

「い、いきなり何を言って――」

「いい加減、下らない演技は止《よ》してくれ」

鋭く切り出すと、彼女の顔がわずかに、ほんの少しだけ強張《こわば》った。

――倉敷蛍《ほたる》。クラスの委員長。明るく元気な、ムードメーカー。

自分よりも他人を優先し、誰かれ構わず優しさを撒《ま》く。そのくせ誰より公正で、教師にも率先して発言していく様は、まさしく『クラスの代表者』足り得るものだ。

もちろんその優しさには僕も救われたし、毎度毎度殴られる僕を介抱してくれるその様子はすばらしい人徳者のそれでもある。

だが、しかし。

「――お前は少し、『完璧』が過ぎる。僕からすれば実に嘘くさい」

僕の言葉に、倉敷の肩が跳ねる。

最初に彼女という存在を認識したのは、教室の中を覗《のぞ》き込んだ時だった。

クラス委員長的な存在。模範的な優等生。……彼女への第一印象はそんな感じ。

それが明確な興味に変わったのは、僕が自身の異能を吐露した時のこと。

あの時、僕の異能を聞いて笑っていなかったのは、視認出来ただけで五名だった。

うち一人は朝比奈霞《あさひなかすみ》。

二人目と三人目は、僕同様に無表情を貫いていた男子生徒。

四人目は、終始僕へと警戒を向けてきている女子生徒。

そして、最後の一人は――

「お前、なんで僕の異能を笑わなかった？」

そう、この人物『倉敷蛍』であった。

彼女は言い訳でも考えついたか、取り繕ったような完璧な笑顔で口を開きかける。

ただ、悪い。面倒な問答を続けるつもりはないんだ。

「榊先生から、本当の異能を教えるか、嘘の異能を教えるか。そう告げられた時、お前はたしか悩んでいたな。優等生なら迷うべき場面じゃないだろうに」

「……よく、見てるんだね」

なんとか倉敷が言葉を返す。

彼女の肩は小さく震えていたが、それは僕に対する恐怖からではないだろう。

「お前は考えた、嘘か真《まこと》か、どちらを告げるか。そんな中、最初の人物が口にしたのは、どっからどう聞いても『嘘』としか思えない異能だった」

馬鹿なら笑う。見下し嘲る。

が、賢者は疑う、嘘ではないかとまず疑う。

まぁ、我らが朝比奈嬢は疑うよりも先に正義の心が云々《うんぬん》といった感じなのだろうし、無表情の三人は馬鹿か賢者か分かり兼ねるが——その分、コイツは非常に分かりやすい。

「——お前、疑ったろ」

そう、彼女は疑った。

自分がやろうかと考えていた『嘘』。

目の前で先生から『得策ではない』と、バレれば信頼を失うと脅された『嘘』。

それを躊躇《ちゅうちょ》なく、最初からぶっぱなしてみせたのだ。

まぁ、僕の能力がホントかウソかは別として、彼女はおそらく僕の正気と、加えてその能力を疑った。だからこそ笑う暇など無かった。周囲の空気に乗り切れなかった。

「極めつきは、保健室でお前が居座ってたことだ。どんなに完璧な委員長だろうと付き添うまでで、さすがに罰金のリスク覚悟で居座ったりはしない。……倉敷蛍、さすがにあれはやりすぎだったな」

罰金になるかもしれない。そう告げられた上で『残る』という選択肢が出てくるのは、その思考に『罰金以上に優先すべきこと』がある人物に限るだろう。

お前でいうところの——雨森悠人を見定めること、とかな。

霧道《きりどう》との戦闘では異能を発動する暇もなく負けた。というか、見せるつもりなど毛頭なかった。だからこそ、この女は確信出来なかった。僕の言っていた能力が本当かどうか、確認することが出来なかった。

だからこそ、見定めようとした。

この僕が考え無しのバカなのか、あるいはそれ以外の何者か。

……どうだい倉敷。そろそろ、まじめに話すつもりになったかな？

僕は倉敷を見据える。

睨《にら》むような僕の視線を受けて。

きょとんとしていた倉敷は。

——直後。

一転して、満面の笑みを浮かべた。

「あはっ！」

……笑い声。
まるで気でも狂ったような。
甲高く、気味が悪く、気分の悪い。
好感とは正反対の性質を持つ声色だった。
彼女は笑っている。
腹を抱えて。
目の縁に溜《た》まった涙を拭い。
——されど、直後には。
笑顔など抜け落ちたように、無表情の倉敷蛍が立っていた。

「——流石《さすが》だよぉ。雨森《あまもり》くん」

その姿は、僕には亡霊に見えた。
まるで、大切なものが魂ごと抜け落ちたような——
普段の倉敷蛍を見ていたからこそ。今の彼女は非現実的で、夢想的で。
されど彼女の足音が、『これは現実だ』と突きつけてくる。
彼女はくるりと振り返って、ドアの方へと歩き始めていた。

その背中にはいつものような元気はない。

僕はそんな彼女の背中を眺め——次の瞬間、ガチャリと施錠音に意識を覚醒させる。

「誰も居ない空き教室に、二人っきり」

それだけ聞けば、どれだけ青春っぽいだろうか。

されど振り返った彼女の瞳はどこまでも冷たく澄んだ光を灯《とも》しており、その口調は先程までの『委員長』とは一変していた。


「なら、もう隠す必要はねぇよな？　雨森悠人」


一応念のために言っておく。

今の男らしいセリフを言ったのは、間違いなく目の前の少女『倉敷蛍』本人である。

彼女は纏めていた髪を解《ほど》く。

オレンジ色の髪がバサリと下ろされ。

キラキラと輝いていた瞳は、今や濁った泥のように陰っている。

「合格だよ雨森。私はお前を探ってた。……どうにも、お前からは私と同じ大嘘吐きの匂いがしたからな。だから、お前はいったい何なのか。どこまで出来るのか。どんな本性を隠していて、どんなことが目的なのか——それを探ってた」

僕を見据えるその瞳は、どこか愉悦に揺れているように見えた。

しかして彼女は一切の迷いなく、断言した。

「なァ、てめーの『異能』、ありゃ嘘《うそ》だろ」

僕の異能――【目を悪くする】。

まあ、否定も肯定もしないでおくよ。それが嘘だと思いたいなら好きに思ってくれて構わない。それで損することも、逆に得することも無さそうだしさ。

「……否定しないか。ま、好きに受け取らせてもらうさ。なにせあの勝負の時、霧道の動きを完璧に視認してたくせに殴られてた野郎だ、マトモな神経してるわけが無い。あえて自分の力を隠してる……だなんて、そんなこともあるかと思ったんだがな」

「冗談か？　普通に負けてたと思うんだが」

「……下らねぇ演技は止せ、って言葉。そっくりそのまんまてめーに返すよ嘘吐《つ》き野郎」

演技？……うん、演技か。僕のは演技と言うよりは、お前の言う『嘘』だと思うけれど、そこら辺を突き詰めたってしょうがないだろう。

「この際だ。お前の異能については今は聞かねぇ。聞いたところで無駄だって想像出来たしな。……ただ、これだけは聞かせろ雨森」

彼女の厳しい声が響く。

――そして、彼女の姿が一瞬にして掻《か》き消えた。

本当に消えたのかと見紛《みまが》うほどの、速すぎるわずか一歩。

全てに理解が及んだのは、自分の体が壁に叩《たた》きつけられた後のこと。

あまりの衝撃に、肺の中にあった酸素全てが逆流する。声にならない悲鳴が零《こぼ》れる中、胸ぐらを摑《つか》みあげた彼女の瞳が至近距離から僕を覗き込む。

「てめー、一体何が目的だ？」

僕の目的。……問われて初めて考えてみる。

榊《さかき》先生にも似たようなことは聞かれた。僕の真意、それは一体何なのか。

……そう考えるとやっぱり、僕の根底は酷《ひど》くシンプルで、惨《むご》いほど純粋だ。

「……そう、だな。自由に生きたい、とでも言っとくか」

「自由、だと？」

僕の言葉に、彼女の体から怒気が膨れ上がる。

ふざけてるとでも思ったのかな。

どうでもいいけれど、せめて話を聞くなら最後まで聞いて欲しいもんだ。

「束縛されるのが酷く嫌だ。この学園が反吐《へど》が出るほど鬱陶しい。上から目線で縛ってくる教師陣が、学園が、滅ぼしたいほど憎らしい」

口から出まかせが溢《あふ》れでる。息をするように嘘が零れる。

いいや、正確に言えばウソではないが――本当の目的、理由でもない。

僕の言葉を受けて。今の僕を見下ろして。初めて、彼女の身体《からだ》が硬直する。

僕はいつだって語り騙《かた》るだけ。誠実さとは最も遠くを歩き続ける。

……でも、それでも。

僕は、目指すべき場所だけは誤らない。

たとえ何があろうとも、どんなものを犠牲にしたとしても。

その目的だけは、僕は必ず完遂する。


「――僕はさ、この学園をぶっ壊してしまいたい」


そう、僕は笑った。

感情の一切を僕の顔は映さない。ただ、それでも唯一、歓喜だけは映し出す。

冷たい狂気に歪《ゆが》んだ、満面の笑み。

一体僕は、どんな瞳で彼女を見上げているのだろう。

僕の瞳を見下ろしていた倉敷《くらしき》の体が、僕に対する恐怖で震える。

「荒れると言ったな、その通りだ。朝比奈霞はこの学園において『校則』よりも『教師』が上位に立っていると気がついた。そして今回、彼女の言動でクラス全員――下手すれば学年全員がその事実を共有するだろう。その結果、奴《やつ》の正義感はクラス全体を巻き込み、学園全土を揺るがすほどのクーデターを引き起こす」

彼女にはそれだけのカリスマ性、潜在能力が備わっている。

なにせ、暴言を吐き捨て煽《あお》ったはずのクラスメイト達《たち》に、それでも一方的に慕われているのだ。それだけで彼女がどれだけカリスマ性に溢れているかが素人目にも分かる。

そして、彼女はいつの日かクラス中をまとめあげて、学園に反旗を翻すだろう。

それはもはや覆しようのない、近く起こるであろう未来予測だ。

まあ、その『近く』というのも、まだ半年以上先の話だろうけど……その際、クラスの輪を著しく乱している不穏分子は――正直、不要極まりない。

「だから、不要なモノは切り捨てる。事前に裏から排除する」

さらに言ってしまえば――

「僕らが【光】の裏になる。朝比奈《あさひな》が裁けない不要を、僕らが【闇】に葬り去る」

その言葉に、倉敷が僕の胸ぐらから手を離す。

その瞳には溢れんばかりの驚きと、恐怖と、そして僅かな歓喜が滲《にじ》み出ていて。

彼女の口角は自然と吊《つ》り上がっている。

「……アンタ、イカれてるよ。絶対に」

「ああ、知ってるさ」

僕は他人を蹴落すことに、なんの感情も抱かない。

例えば自分の目的のため、顔と名前しか知らない他人の精神をズタボロに切り刻み、ボロ雑巾のように捨てたとしても、きっと何も思わない。というか、思えない。

下手すりゃ数日後には忘れてるまで有り得る。

他人の人生踏みにじって、そんでもって平然と暮らしていける人間を、誰が『正気』と言えるだろうか。

「学園を潰すのは、基本的に朝比奈霞《かすみ》に全任する。まぁ、アイツがあまりにも使い物にならなかったらその時はその時だが、僕らはあくまで、彼女が『正義』として為《な》せなかった不穏分子の排除、そして朝比奈霞の誘導を行う」

そのために必要なのは、朝比奈の比較的近くにあって、クラスから全幅の信頼を受けている優れた人材。そして、朝比奈霞の裏にいる存在……『雨森悠人《ゆうと》の囮《おとり》』役。

まぁ、後者は後々にクラス内から選定するとして——

「話して察した。いくら誘導しようと朝比奈霞は霧道の排除を望まない。だから、今回の件に朝比奈霞は絡ませない。僕らで秘密裏に奴を終わらせる」

必要な状況は全て揃《そろ》えた。奴の思考も重々把握し、思考誘導も済んでいる。

ならば後は——潰すのみ。

「霧道一人潰すだけなら僕単体でも十分事足りる、が。この先のことを考えると、お前のような有用な人材が必要になる」

こうして自らの根底を吐露した以上、この女は意地でもこちら側に引きずり込む。泥沼に足首どころか頭の先までどっぷり浸《つ》かってもらわなきゃ話にならん。

彼女の手を握りしめると、彼女の体を抱き寄せる。

咄嗟《とっさ》に反応出来ない倉敷。焦る彼女をよそに、その瞳を至近距離からのぞき込む。

「倉敷蛍《ほたる》、お前が必要だ。僕に手を貸せ」

果たしてこの狂気の行き着く先は一体何処《どこ》か。

そんなことは分からないけれど、とりあえず。

ここから全てを始め、行けるところまで突っ走る。

——今は、そんな所存である。

☆☆☆

「私の目的はね、この学校を正すこと」

帰り道、倉敷はいつもの様子でそう笑う。

あの後、会談に間借りしていた教室を後にした僕は、彼女と並び寮へと帰宅中だった。

ちらりと見れば、既に『素』の彼女は引っ込んでいる。今の彼女はさっきまでとは異なり、僕ですら見破れないほど欠点なき委員長に成りすましていた。

入学数日で容易《たやす》く裏を見抜かれて、僕の協力者として大丈夫かとも心配だったが……杞《き》憂《ゆう》だったみたいだな。この女、わざと素の部分をさらしてたみたいだ。

これじゃ僕と倉敷、どちらが相手の餌に食いついたのか分かったもんじゃない。

「……正す？」

「うん。私はね、楽に生きたいの。楽に生きるためならどんな努力もいとわない。楽に生きるためなら、どれだけ自分を偽ってもかまわない。心の底からそう思うんだ」

だから、正すと。彼女は端的にそう告げる。

「だって嫌でしょ？　好きに生きていく中で、クラスメイトに陰口言われたり、頭ごなしに校則で押さえつけられたり。だから私は棘《とげ》のある性格を隠すし——雨森《あまもり》くん、きみのやろうとしていることに、協力してあげることにした」

彼女の言う通り、一応、仮で、とりあえずの協力関係は締結出来た。

だが、それも一時的なもの。彼女からも相応の条件を出されている。

「ただし、それは雨森くんに、理想を語れるだけの力がある前提の話。先に言っておくけれど、雨森くん。私はね——君が一度でも負けたら、その時点で君を切る」

切る、という言葉の意味。……まあ、切り捨てるってことだろうけれど。

ずいぶんとまあ、難しい条件だ。霧道《きりどう》にも負ける雑魚だぞ、僕。

「あっ、ちなみにわざと負けるのは許可するよっ？　あんなゴミに負けて生き恥だと正直思ってるけど……雨森くんって、負けることに興奮する変態さんなんでしょ？」

「……僕をそんな輩《やから》と一緒にしないでくれないか」

鳥肌が立ったぞ今のセリフ。僕は二の腕をさすりながら、彼女から視線を逸《そ》らす。

視界の端っこの方で、結びなおしたポニーテールが揺れる。

されど、聞こえてくる声は酷く冷めたものだった。

「……幸いなことに、アンタの目的は私の目的に結構近いところにある。協力するのはやぶさかじゃない。……だが、勘違いだけはするなよ。私はお前の仲間じゃない。いつだって——お前が使えないと見れば裏切る準備は出来てんだから」

それは良かった。僕もお前を一方的に利用し、使い潰す気しかないからな。

仲間意識なんて最初からない。信頼関係も不要。一切の絆《きずな》は必要ない。

僕らの間には、ただ協力関係さえあればそれでいい。

そう、夕暮れの空を眺める僕へ、委員長モードの倉敷が話しかけてくる。

「でっ、これからどうするのかな、雨森くんっ！　実力行使しちゃう？」

「するか馬鹿。霧道と真正面から戦って勝てるわけがない」

「負けたら手を切るって言った直後に、よくそんなこと言えるよねー」

いや、そんなこと言われても……。何せ一回負けてるからな。

掛け値なしに、霧道は強いと思うよ。まるで小説の序盤に出てくる咬《か》ませ犬《いぬ》のような立ち位置だが、身体能力はクラス内でも一、二を争うレベル。入学数日で異能をあそこまで操れる技量も見事の一言。あれで性格に難が無ければなぁ……。

「でも、雨森くんが本当の異能使ったら勝てるでしょ？」

「……だから本当も何もないと言っている」

僕の異能に嘘《うそ》はないよ。まあ。この言葉も嘘かもしれないけど。

……と、そうそう。もう一つ二つ、言いたいことを忘れていた。

僕は懐のポケットをあさりながら、倉敷へと視線を戻す。

「そういえば、霧道の机に落書きしたのお前だろ」

「えー？　なんのことかわかんなーい！」

という反応で確信した。この野郎……お前のせいでまた殴られたんだからな！

鼻血が出ると制服が汚れるんだよ、せめてクリーニング代くらい払いなさい！

とか思いつつも、僕は懐から取り出したものを彼女に手渡した。

「あとこれ。盗聴対策の端末だ。以降、必要な時はそれをスマホに差し込んでから電話すればいい。あらゆる盗聴を無効化してくれる」

「……えっ、雨森くんってそういうの作れるわけ？」

僕が手渡したのは、携帯用充電器――に見せかけた盗聴対策の端末。

電源の穴に差し込むだけで、一時的に盗聴されるのを防いでくれる。

「連絡に使えるのは支給のスマホだけ。当然、学園には連絡内容が全て傍受されていると見るべきだ。僕も今後は、重要な話は電話で行う。メールは一切使わない」

「へぇー。危なっかしいから電話とか使う予定もなかったけど。……まあいいや。使えそうなものは使っていかなくちゃね。ありがと、雨森くんっ！」

元気いっぱいにそんなことを言ってくる倉敷この野郎。

……おいこら。お前が霧道の席に落書きしたこと、忘れちゃいないからな？

大方、彼を差し向けて僕の裏を探ろうとか、そういう魂胆だったのは目に見えている。

が、けっこう痛かったんだからねアレ。顔面にグーパンとかどれだけ痛いか分かる？

まあ、直撃の瞬間に威力は殺してるから、見た目ほど大きなダメージではないけれど。

そんなことを思いながら、大きく息を吐く。

「でっ、雨森くんの本当の異能、なんなのさ？」

「……しつこいぞ倉敷」

僕は顔をしかめた……つもりだけど、たぶん無表情だと思う。

何故《なぜ》そこまで僕が嘘吐《つ》いてると思いたがるのか。

まったく意味が分からんが、仮に隠してる力があったとしても、たぶん霧道相手には使わない。本当に厄介なのは、この学年において最初の校則違反を免れた奴らだ。

一人は僕、雨森悠人。

もう一人は、朝比奈霞。

三人目は不明だが――四人目は、おそらく……。

「……まあ、関わらなければそれでいいが」

呟《つぶや》き、隣の倉敷《くらしき》を一瞥《いちべつ》した。

「倉敷。明日は朝六時、先ほどの教室集合だ」

「……ずいぶんと早いんだね。何かやるのかな？」

不思議そうな表情を浮かべる彼女に対し、僕は偽ることなく断言した。

「明日の朝、霧道走《はしる》を排除する。――これはもう決定事項だ」

☆☆☆

……今でもたまに夢に見る。

俺はお袋に捨てられた。

それは小学校の頃だったと記憶している。

腰まで伸びた黒髪の、傍目《はため》にも美しい人だった。

親父《おやじ》とは十以上も年が離れた若いお袋。

俺はお袋が好きだったし、今でもその綺麗《きれい》な背中を夢に見る。

瞼《まぶた》を閉じれば、いつかの暖かかった光景が目に浮かぶし。


——俺を捨てたあの女の目を、今でも鮮明に思い出せる。


学園生活、数日目の朝。霧道走は午前五時に目が覚めた。

二度寝しようにもそのような気分になれず……その理由を思い出しては舌打ちをする。

そうだ、俺が深く寝付けなかったのは、同じクラスの一人の男が原因だった。

「クソが……ッ」

短く吐き捨て、布団をはぎ取り立ち上がると、目についた自室の机を蹴り上げた。

俺は憤っていた。それも物凄《ものすご》く、だ。

何に憤っているか、ソレは単純に『雨森悠人』という個人に対して。

アイツは最初っから鼻についた。

強くねえ、逆に弱すぎて珍しいほどの異能しか与えられなかったにもかかわらず、それを公言し、正義の味方ぶってる朝比奈に媚《こび》を売りやがった。

……朝比奈霞《あさひなかすみ》。アイツは特別だ。俺だからこそ分かる。

他の奴《やつ》らにはぜってー分かんねえだろうが、俺には分かる。

アイツは他とは違う。だからこそ最初っから注目してた。綺麗で、どこか懐かしいあの背中、美しい黒髪を見た瞬間から、こいつは俺のモノにするって決めていた。

ソレを、あいつは……。

「胸糞《むなくそ》悪ぃぜ、あのクソが……」

俺の朝比奈に手を出しやがった。その時点であの野郎は万死に値する。

俺だって挨拶されたことねぇのに、俺だって手を振られたことなんてないのに。

俺より先に奴がいる。それは、俺が暴力を振るう理由には十分だった。

俺は賢いから、誰にも不自然に思われないよう用意周到な策を用意し、あの野郎を戦いの場へと引きずり込んだ。……まあ、油断して何発かは喰《く》らっちまったが、俺は思うさまあの野郎を殴り続けた。

……だけど、朝比奈はまた、奴に味方した。

よりにもよって、あいつは俺の拳を受け止めた。女に負ける屈辱よりも、先公に叱られるウザさよりも。……俺よりも、あいつが優先されたって事実が気に入らなかった。

「いつか、ぜってーぶっ殺してやる」

俺の中には、あの野郎への怒りが溢《あふ》れていた。

殺す、殺す、殺す、殺す——。この学校に入学するより前から喧嘩《けんか》続きの毎日を送ってきた俺が、初めて抱いた純粋な殺意。あの野郎だけは、この手で——

「そうだあの野郎、俺様の机に落書きしやがったんだ」

あの野郎のことを考えていたら、忘れていた机のことを思い出す。あの机は……えーっと、名前は思い出せねぇが取り巻きの机と取り換えた。取り巻き共に校則を読ませたが机を交換してはいけない、ってルールはないみたいだったしな。

だから俺には実害はねーんだが……どうにも、それをやった雨森が平穏無事に過ごしているのは見過ごせねぇ。やるなら徹底的に、俺以上の屈辱を味わわせてやらなきゃな。

「……そうだ。あいつの机もやってやりゃァいいんじゃねぇか！」

ふと、俺は名案を思い付いた！　そうだよ、俺がやられた以上のことを、雨森の机にやり返してやればいいじゃねぇか。なんつー極悪なこと考えつくんだ。我ながら、自分の頭の良さが怖くなってくるぜ。

俺はさっそく取り巻き共にメールを送る。今すぐ学園に向かえ、と。

朝の五時だが、まあ、俺様の連絡ならすぐに見るだろう。遅れた奴は罰金だ。

俺は顔を洗って歯を磨いて、制服に袖を通して部屋を出る。

思い立ったが吉日。すぐにでもやり返してやらなきゃ気が済まねぇ。俺は近くのコンビニで朝食のサンドイッチを喰らい、再び作戦を考える。

どんな仕返しをしてやろうか。落書きなんて生易しいもんじゃない。……そうだ。あいつの机を食堂の残飯まみれにしてやったらどうだ？　なかなか最悪な案じゃねぇか。

おおよそ三十分ほどかけて作戦を練った俺は、午前六時過ぎに校舎に着く。

その時点で下僕の姿はない。トイレか何かか……いずれにしても、俺を出迎えないなんざ万死に値するぜ。万死、そう万死だ。詳しい意味は分かんねえがかっこいいだろ、万死に値するって。

そんなことを何となく考えながら、ぼんやりと下駄箱《げたばこ》へと視線を向ける。

そして、想像もしなかった人物の姿に、目を見開いた。

「あ、朝比奈……？」

下駄箱のところには、今まさに外靴から上靴へと履き替えた朝比奈霞の姿があって、まだあいつは俺のことに気付いていない様子だった。

間違いねぇ、朝比奈だ。あの黒い髪に緑色の瞳。

俺があの女を……あの【背中】を、見間違えるわけがない。

「おい朝比奈！　奇遇じゃねぇか、こんな時間に会うなんてよぉ！」

俺は手を振りながら彼女へと駆け寄る。俺がたまたま、早く登校する日に限って、お前も早くに登校する。まるで運命みたいじゃねぇか？

いいや、これは運命だ。俺はやっぱり、お前を手に入れる運命にあるんだ。

「そうだろう、朝比奈ぁ！」

俺は彼女の前まで駆けた。彼女の笑顔を見ようと思って、その顔を覗《のぞ》き込もうとして。

——気が付けば、目の前から朝比奈の姿が消えていることに気付く。

「……って、はぁ!? ど、どこ行きやがった！」

俺は焦って周囲を見渡す。【雷神の加護】……っていったか？ いくら何でも速すぎだろ！

それに、俺が挨拶してやっているのに、無視……しやがったのか？ いいや違う、あれは気付かなかっただけだ。そうに決まってる。そうに——

「——っ、朝比奈！」

周囲を見渡していると、遠く、廊下の向こうを朝比奈が歩いていることに気付く。

俺は上靴へ履き替えるのも面倒で、外靴のまま廊下を駆けた。

そうだろ朝比奈、無視したんじゃねぇよな。気付かなかっただけだよな？

俺は彼女の目の前まで迫ると、その背中へと手を伸ばす。

懐かしい黒髪に、指先が迫る。

……だが、触れる直前でまたもや彼女の姿は消えた。

「く、くそっ、なんで、どうして——っ！」

伸ばした手を握りしめ、俺は怒りと悔しさから歯噛《はが》みする。

周囲を見渡すが、朝比奈の姿はない。俺は自然と視線を足元へと落として……ふと、目の前に白い封筒が落ちていることに気が付いた。

俺は気になってそれを拾うと、裏面には【朝比奈霞】との名前があった。

もしかしてこれ……ラブレター、ってやつじゃねぇのか。

俺は焦って封筒を破くと、中から便せんを取り出した。案の定、その便せんには朝比奈からの熱烈な愛の告白が記されている。

……な、なんだよ。無視されてたんじゃなかったのか！　さっきまでの不自然な行動は、俺にこのラブレターを渡すのを恥ずかしがってただけかよ。

俺はその便せんへと目を通しながら、にやりと口角を吊り上げる。こんなものをもらっちまったら、もう雨森《あまもり》なんかに構っている暇はねぇ！　今すぐ朝比奈を探して、この告白への返事をしてやらなきゃならねぇからな！

「なになに？　『ホームルームの始まる前、校舎三階、最奥の、使われていない教室で待っています』……だと？　はっ、待ってやがれ朝比奈、今すぐ向かってやるからよ！」

きっと、俺は気持ち悪い笑みを浮かべていると思う。それくらいの歓喜があった。

俺はやっぱり朝比奈に好かれていた。俺が一番だ、俺が誰より優先されるんだ。

どんな学校、どんな場所に行こうと、結局は俺が王なんだ。

だから――――…………

【来てくれるのを待っています。親愛なる、雨森悠人《ゆうと》くんへ】

便せんの、最後に記された一文を見て。
俺は、目の前が真っ赤に染まるのを自覚した。
意味を理解することを、脳が必死になって拒んでいる。
だけど体は正直で、あまりの怒りに便せんを握りしめ、破り捨て。
俺は、考えるより先に廊下を蹴り飛ばし、走り出していた。

「――ぶっ、殺す！」

理性を吹き飛ばし、本能の底から湧いた、強烈な殺意。
俺は理解した。次に雨森悠人を目撃した瞬間。それがあいつの終焉《しゅうえん》だ。
雨森を殺す。これは確定事項だ。殴って、蹴って、そんでもって殴って、潰す。
顔面がぐちゃぐちゃになるまでぶん殴って、笑いながら奴の命を踏みにじる。
そこまでやんなきゃ、この怒りは収まらねえ。
上階へ続く階段へとたどり着く。朝比奈の姿は、まだ見えない。
空き教室へと向かったのか、寄り道してんのか。……そんなもんどうだっていい。
運よく俺は、雨森の来る場所を知っている。なら、マッハで行って、雨森ぶち殺して、無様な死体を朝比奈に見せつけて……俺の力を見せつけて、そうしたら、きっと――

『ああ、雨森君、私のこと……やっぱり好きだったのね』

頭の中に幻聴が響く。

なんでこんな声が……いや、なんでこんな声を出してやがる朝比奈！

俺の想像の中でだって、俺以外に甘い声なんざ出すんじゃねえよ！

そう叫ぶが、幻聴は決して鳴りやまない。

『――ええ、私も貴方《あなた》のこと好きよ、雨森君』

『一目見た時から惚《ほ》れてたわ。一目惚れよ』『他の男になんて興味はないわ』

『……え、霧道《きりどう》、走《はしる》？　誰かしらソレは』『……ああ、貴方に暴力を振るってた猿ね』

『そんな名前だったの』『正直言って……興味ないから忘れかけていたわ』

『目障り極まりないわね。あの男、自分が好かれているとでも思っているのかしら』

胸糞悪い幻聴は治まらねえ。

まるで、そういう異能が発動してるみてえに耳元で囁《ささや》いてきやがる。

俺の、朝比奈の声で。朝比奈の、声で……ッ！

『――私はお前が大嫌いよ。顔も見たくない』

その声が。

いつかのお袋の声と、頭の中で重なった。

「雨森ぃぃぃぃぁぁぁぁあああああああッッ！」

俺は叫んだ。もう、他のことなんざ何も考えねえ。

頭の中、真っ白だ。奴に対する殺意以外、なにもねぇ。もう、なんも考えられねえ。

俺は走り出す。異能【瞬間加速】を全力で使用し、ぶっ飛ばす。

場所は三階、一番奥の空き教室。

そこに……奴が。雨森のクソ野郎が、待っている。

「きゃあっ!?」

廊下を駆ける途中、悲鳴が聞こえた。

腕にじいんとした痛みが残るが気にもならない。

背後から誰か知らねえ悲鳴と、痛がる呻《うめ》きも聞こえる。

が、んなモンどうだっていいんだよ……ッ！

「アマ、モリィィィィイイッ！」

既に目的地は見えていた。三階、最奥の部屋。
俺の視線の先――そこでは、丁度朝比奈《あさひな》が教室の中へと入るところだった。
彼女の顔に浮かぶのは、陰りのない幸福。好きな人に会う前の、乙女の表情。
その笑顔が、俺には一度も向けられたことのねえ笑顔が、俺を……ッ！
「朝比奈ァぁぁぁぁぁぁッ！　てめぇえええええあああアアアッ！」
叫ぶ、声の限りに叫ぶ。されど朝比奈はこちらを一瞥《いちべつ》もしねえ。
声は届いてるはずだろ。なんでこっちを見ねえ、なんで、なんで。
……なんで、俺をそんな目で見る。
脳裏を過《よぎ》る、以前の記憶。
殴ろうとする俺と、直前で止められた拳。無表情でソレを見下《みくだ》す雨森。
――そして、俺へと冷たい視線を送る、朝比奈。
あれはまるで、正義の味方が『悪』に対して向けるような……最悪の目だ。
あの目を、あの時の朝比奈を思い出し、俺は声の限りに叫びをあげる。
俺を見ろ、俺だけを見ろ。朝比奈、俺だけを見ろ。
そんな目じゃねえ。雨森に向けてるみたいな、優しい目で。
俺の、ことだけを見てくれよ……ッ！
「くそ、があああああああああああッ！」

扉の向こうに朝比奈の姿が消える。

俺が扉の前にまでたどり着いたのは、その直後。

朝比奈の跡を追うようにして教室のドアを蹴破り、その中へと踏み込む。

——そして、限界まで目を見開いた。

「おや、予期した来客だ」

そこにいたのは、雨森悠人。

奴《やつ》は机に腰かけて俺を見下ろしており、その隣には……なんでだ、倉敷蛍《くらしきほたる》の姿までありやがる。だがさっき教室に入っていった朝比奈の姿はどこにもねえ。

「な、にが……どうなって——」

絞り出した言葉。

ソレを前に、雨森悠人は大きく笑う。

無表情野郎が初めて見せた、表情。……その笑顔はどうしようもなく歪《いびつ》で、狂気を感じさせるほど凶暴で。背筋が冷たくなるほどに——破滅的で。

「——霧道。お前を排除する」

その言葉は、間違っても俺の知る『雨森悠人』のソレじゃなかった。

☆☆☆

そこは、先日も倉敷との会談に使った空き教室。

部屋のカーテンは閉め切られ、室内は暗闇に満ちている。

教室の中に点々と置かれた小さなランタンが唯一の光源であり、霧道が扉を蹴破ってくれたおかげで随分と明るくなった。

机に座りながら思考を巡らす僕は、眼前の霧道へとこう告げる。

「――霧道、お前を排除する」

僕は腰掛けていた机から立ち上がる。

かつて、一方的に僕を屠《ほふ》っている霧道。それが……場に飲まれたか？　何故《なぜ》か僕に対して恐怖を抱いているようで、大きく体を震わせたのが分かった。

「なん……っ、なんなんだよてめー！　そ、そうだ、朝比奈は――」

「――それが遺言でいいか？　時間もない事だし、そろそろ潰したいのだが」

喚《わめ》き始めた霧道へと、ぴしゃりと言い放つ。

午前六時半。まだ早い時間帯とはいえ、生徒によっては既に登校し始めている者もいるかもしれない。少なくとも、僕が霧道を潰している現場は見られたくないし。

「てっ、てめー……雨森ィ！」

激昂《げきこう》する……ような口調で僕を睨《にら》む霧道。されど、彼の足が今より前に進んでくることはない。場に飲まれ、恐怖に侵され、今の霧道はただの怯《おび》える子犬のようだ。

　こんな子犬を虐《いじ》めるのも精神衛生上悪いし、さっさと終わらせてしまおうか。

「ねえねえ雨森くんっ！　霧道ビビってるけど、こんなの本当に相手にする必要あるの？　こんなの何もしなくったってそのうち消えるの目に見えてるよね？」

「く、倉、敷……？　て、てめーまで何を――！」

　満面の笑みでそう煽《あお》る倉敷に、霧道の喉から小さな悲鳴が漏れる。

　が、返ってきたのは舌打ちだけ。

　――そして、倉敷の体が一気に加速する。

「蟲《むし》が私を呼ぶんじゃねえよ。イメージが穢《けが》れるだろうが」

　次に声が響いたのは、霧道の背後から。

　霧道が驚き振り返れば、壊れた扉を片手で担ぐ彼女の姿があった。

　……間違っても、その細身で繰り出せるような力じゃないよな。目を見張る移動速度と、扉を片手で担ぐ腕力。彼女の異能が身体強化系なのは間違いなさそうだ。

　霧道はと見れば、壊れた扉で入口に蓋をする倉敷の姿に愕然《がくぜん》としていた。

「榊《さかき》が初日に言ってたろ。異能には『序列』ってのがある」

　確か、それは表の倉敷から教えてもらったのだったか。第四位の『なにもなし』、第三位の『王』、第二位の『加護』と、天文学的な確率でのみ発現する、幻の『序列一位』。

「一つ問題だぜ。――私の異能、なんだと思う？　なあ第四位」

「……ん、王スキルじゃないのか？　見るからに一線画してるだろ」

「てめーみたいな偽装最下位には聞いちゃいねえから黙ってろ。あと舐《な》めてんのかお前」

第四位と言われたので答えてみたが、どうやら違ったらしい。

霧道は顔を青くして体を震わせており、倉敷のありえない豹変《ひょうへん》に、そして『王スキルで舐めてる』との発言に、彼は嫌な予感を口にする。

「だ、第二位――『加護』の位」

その言葉に、倉敷が目に見えて口角を吊《つ》り上げる。

加護、つまり朝比奈霞《かすみ》と同格か。……すごいなぁ、僕じゃ勝てないかもしれない。

そんな事をぼんやり思いながら、霧道へと視線を戻す。

そろそろ倉敷の『抵抗しても無駄』アピールも済んだことだろうし。

「――さて、本題に入ろうか」

ここに霧道を呼びつけた、本当の理由。

彼は摩訶不思議《まかふしぎ》なことに朝比奈嬢の幻影でも見たような顔をしているが、そこは彼の目がおかしかったという話だし、幻聴も『耳鼻科行け』の一言で済ませられるが――なあ霧道、それ以外はタダじゃ済ませられんのだわ。

「大前提を話そう。僕としては、お前と朝比奈が恋仲になろうが構わないし、それで朝比奈のモチベーションに繋《つな》がるなら応援する気だった。その先に平穏が待つならそれでよかった。だから、お前がどれだけ酷《ひど》かろうと、せめてこの数日間は静観してきた」

もしかしたら、僕の勘違い、見る目がないだけ、って可能性もあったしな。

お前が朝比奈の隣に相応《ふさわ》しい人間なのか。今後このクラスに益をもたらせる人間なのか。

……じっくりと、間近でお前のことを見て聞いた。

「結論——お前は不要だ。だから潰す。無駄は視界から排除する」

「……ふっ、ふざけんなよ、てめー……ッ！　一体何様のつもりだ！」

何様……か。ここで『俺様』とか言えるセンスがあればいいんだが、無表情でそんなトンチ利かせても冷めるだけだし、そもそも一人称が違うから使えないんだけれど。

でもまあ、僕が何様かなんてどうでもいいことだろう。

そう、どうでもいいんだ。ただ、僕が迷惑だからお前を潰す。

僕がそうしたいと思うから、お前の人生を踏みにじる。

「別に、お前のしてることと変わらないだろう」

僕もお前も、やってることは同じだ。

僕だってこういうエゴを貫くから、お前に何をされても怒らなかった。自分がやってることを他人にやられて嫌がるだなんて、それは人としておかしいだろうから。

だからこそ——なあ霧道、迷惑だなんて言うなよ。

僕もお前も所詮は同類、仲間なんだからさ。

「だから、ここで終わっても文句は言うなよ、霧道走《きりどうはしる》」

教室前方の黒板に大きな映像が映し出される。

迸《ほとばし》った光に霧道は目を細め、その映像へと視線を向ける。

——その時の霧道の表情は、実に見ものだったと言っておこう。

『……へっ、雨森《あまもり》の野郎が足引きずって登校するのが目に浮かぶぜ……』

その映像に映っていたのは、霧道本人。場所は本校舎玄関。まだ陽《ひ》が昇って間もない早朝の時間帯。薄暗い中、奴は誰かの上履きへと画びょうを大量に詰め込んでいた。

こうして見ると馬鹿だなぁ。

そんなことを思ってる間にも画面は次へと移り変わる。

それは、霧道が不気味な笑みを浮かべ、机に彫刻刀で傷を彫っている写真だった。

その衝撃は先ほどよりも強かったらしく、霧道は愕然としたように叫んだ。

「な……ッ！　ふ、ふざけんな！　こ、こんなの……俺はやってねえ！」

「まあ、落ち着けよ霧道。まずは最後まで見て欲しいんだ」

同時にパチンと指を鳴らすと、次に映し出されたのは——食堂裏のゴミ箱から残飯をあさる霧道の写真と、それを机にぶちまける霧道の写真。二枚が左右に分かれて映し出されている。それらの写真はスマホで隠し撮りしたような雰囲気で、第三者が見れば彼の犯行

を確信するようなもの——で、あったのだが。

「やめろクソが！　俺はっ、俺はこんなことやってねえ！　本当にだ！　なんで、なんで俺がこんなことをやってる写真が——」

その取り乱しようは、常軌を逸していた。

素人目にだって分かる、彼は嘘《うそ》を言ってはいない。

そうだよな、これはお前が、これからやるつもりだった光景だ。

この時間軸でこの写真が撮られてる、なんてことはあり得ない。……だけどさ霧道。

「不思議だな、写真は残っている」

呟《つぶや》き、机に置いてあったカメラと監視カメラを奴へと見せる。

これは昨日の放課後、倉敷と電器店に行って購入しておいた私物である。それなりに値は張ったが、まあ、確かな品質のものは買えただろう。

「て、めえッ！」

霧道が叫び——次の瞬間、彼の姿が加速する。

手元から二つの機器が消える。振り返ればカメラ二つを地面に叩《たた》きつけ、粉々に踏み砕いている霧道の姿がある。

「こんなっ、こんなことがあって……たまるかってんだッ！」

「残念だが、現実ってのは残酷だ。本当にあるんだよ霧道」

言いながらスマートフォンを操作する。

『殺すッ、ぜってー殺す！』

再生されるのは、かつて聞いた霧道の暴言。はっとした霧道は振り返り、やがて、状況を把握するに従って顔を赤く染め上げる。その目に映るのは強い憎悪だった。

「こ、この野郎……ッ！」

「残念だが、これは校則違反にはならないな。ただ、この録音と同時に僕が殴られた事実を『やっぱり許さない』と言えばどうなるか……。ああ霧道。僕はお前が心配だよ。お前がついつい退学になってしまいそうで恐ろしい」

平坦《へいたん》な声で煽ってみると、霧道の額にくっきりと青筋が浮かぶ。

ぷちり、とどこからか音が響き。

――次の瞬間、鋭く、そして速く、霧道の体が僕へと迫る。

ブチ切れたことで加速のリミッターが外れたのだろう。

速度だけで言えば加護異能持ちの倉敷《くらしき》と張り合うレベル――だが。

「言ったろ、お前は排除するって。……正攻法でな」

直後、霧道は僕の目の前で倒れていた。

奴《やつ》は何が起こったか分からず倒れたままで、その光景に、今まで黙っていた倉敷から
ヒュウと口笛が上がる。そちらを見れば、彼女の頰を冷や汗が伝っていた。

「……雨森、今の、朝比奈《あさひな》と同速か……それ以上だったんじゃねぇのか？」

「さてな。比べようとも思わない」

考えるのもバカバカしい質問だったので、考えることなく無難に返す。

朝比奈霞の【雷神の加護】。どうやって【目を悪くする】異能で加護を超えられるのか
は知らないけれど、倉敷が言うならそうなのかもしれないな。

「て、てめー！　まさか嘘の異能を!?」

「ん？　あぁ、安心してくれ霧道。お前程度に僕の力は使わないよ」

仮に僕が力を隠していたとしても。どんな異能を持っていたにしても。

さすがにお前相手には使えないよ。だってほら、相手は霧道だぜ。

「今のは純粋な身体能力だ。——これに異能まで使ったら可哀《かわい》そうだろ？」

僕は善意１００％で笑いかける。まぁ無表情だけど。

対して顔を真っ青にした霧道と、思い切り頰を引き攣《つ》らせた倉敷。

二人の反応を前に、僕は霧道を見下《みくだ》した。

「僕はお前に反撃しない。お前は無傷でこの学園から消えるんだ」

僕は倉敷に対して小さく頷《うなず》く。すると彼女は少し嫌な顔をしながら僕の方へと近寄ってきて——そして、思いっきり僕の顔をぶん殴る。

「……っ」

霧道の拳とは重みが全く異なる彼女の一撃。

それは僕の体を窓際まで勢いよく吹き飛ばし、教室中……いや、学校中へと窓ガラスが割れた音が響き渡る。何とか窓枠にしがみ付いて墜落を回避した僕は、口の中の血の塊をあえて制服の胸元へと吐き出すと、倉敷に顎で合図を送る。

すると彼女は面倒臭そうにロッカーから掃除用のモップを取り出すと、モップの柄の部分を膝でもってへし折った。ボキンと清々《すがすが》しいまでの快音が教室に響き、現状の狂気についていけず霧道が茫然《ぼうぜん》と目を見開く中。

「はいっ、霧道くん。これあげるっ」

委員長モードの倉敷から渡されたのは、へし折れたモップの片っぽ。

咄嗟《とっさ》に受け取ってしまったモップを茫然と見下ろす霧道。

そんな彼をよそに倉敷は、残ったモップを思い切り自分の頭へと叩き落とした。

「う、……っ!?」

……痛そうだ。自分でやらせといて他人事《ひとごと》のようにそう思った。

倉敷は額から血を流している。味方に殴られた僕、自分で自分を殴った倉敷。あり得ない現状に霧道はモップを片手に立ち上がる。

「て、てめーらさっきから何なんだよ！　いったい何をして――」

「『第五項、生徒及び教師に対する暴力行為を禁ずる。これを破った生徒は被害者による容認がない限り、暴力の度合いに応じて罰金、あるいは退学、いずれかの処置を受けねばならない』

『第六項、他人の所有物に対する破壊行為を禁ずる。これを破った生徒には被害者による容認がない限り、破壊行為により破損した全ての弁償および10万円の罰金、或《ある》いは退学、いずれかの処置を受けねばならない』

『第七項、他人の所有物を使用することを禁ず。所持者の許可無く他人の所有物を使用、あるいは持ち出した者は、原則として10万円の罰金、或いは退学、いずれかの処置を受けねばならない』」

被《かぶ》せるように、それらの校則を読み上げる。

教室の外から慌てたような足音が聞こえてくる。

それは僕らのいる教室の前にまでやってくると、壊れた扉を蹴破り、現れる。

「雨森ッ！　貴様、急に空き教室を借りたかと思えば、一体何をしでかして――」

……この学園は、教師こそが絶対である。

教師が可能と言えばそれは可能で。

教師が『教室を借りることが出来る』と言えば、それは可能となる。

たとえ、一年間で30万もの金額を失うとしても。

他でもない、榊《さかき》先生が『可能』だと断言し、50万近い金額を保有している初期の段階においてなら、空き教室の一つくらいは十分に借りられる。

「……貴様、霧道《きりどう》。何をしている」

「さ、榊……っ！　そ、それに……ッ!?」

現状を確認し、霧道へと鋭い視線を向ける榊先生。

その背後には……これは予想外。限界まで目を見開いて僕らを見つめる黒髪の少女――朝比奈霞《かすみ》の姿まであり、その光景に霧道は引きつった笑みを浮かべる。

「な、なあ、二人とも聞いてくれよ！　こいつら、おかしいんだぜ！　俺がやってもいねえ写真持ってたりよ、いきなり二人で殴り合ったり……、それにっ、こいつらいつもと口調も全然違うんだ！　そう、こいつら猫かぶってやがったんだ！　そんで、俺を陥れるために、こいつら――」

「――少し、黙れ霧道」

放たれた榊先生の声は、どこまでも冷たい。

黒板には未《いま》だに倉敷のスマホから放たれた映像が映し出されている。

ソレを一瞥《いちべつ》し、周囲を確認する榊先生。彼女は薄目を開いて苦笑する僕を一瞥すると倉敷の方へと歩き出し、その額にそっと手を添える。

「現状は貴様の弁明がなくとも理解が及ぶ。おおよそ、自分の犯行の証拠を摑《つか》んだ二人に諭されたが、逆に激昂《げきこう》。結果としてこのような現状を作り上げた。それで間違ってはいないだろう。なあ霧道」

「は、はぁっ!? ふ、ふざけんなよ榊！　どう、どう見たって、これは……ッ」

「お前が雨森《あまもり》を殴り飛ばし、助けに入った倉敷をモップで殴った。そう見えるが」

その言葉に、霧道は声もなく固まった。

そりゃそうだ、こちとら仲間割れと自傷の果てに成り立っている。

が、それでも霧道の握り締めるモップの片割れが、彼の普段の行いが、そして、彼の本当かも分からぬ犯行写真と映像が、霧道走《はしる》の『悪性』を浮かび上がらせる。

たとえ、その『悪』が作られたものだったとしても。

「あ、朝比奈っ、お、お前は信じてくれるだろ！　俺の、お前は俺のもんだ！　なあ朝比奈、お前は、お前だけは俺のこと――」

「……なんて、こと」

朝比奈霞は、肩を震わせ短く呟く。

黄色い雷と共に、彼女は僕の前まで駆け抜けた。

　僕の頬へと遠慮気味に手を伸ばした彼女は、後悔に瞳を揺らしている。

「……ごめん、なさい。助けると約束したのに。貴方《あなた》を守ると誓ったのに……私は、必要な時、その場に居ることも出来なかった――ッ」

　強烈に、歯が軋《きし》む音がする。

　霧道か、と思えば目の前で朝比奈が歯を食いしばっているのが見えた。

「う、嘘《うそ》だろ……？　なあ朝比奈ァ！　お前、なんで雨森のところにいやがる！　てめーは、てめーは俺の、俺だけのもので――」

「――恥を知りなさい、霧道走」

　響いたのは、朝比奈の鋭い声だった。

　その声は怒りに燃えていた。彼女と出会った日に聞いたものよりずっと鋭く、冷たく、それでいて轟々《ごうごう》と怒りの炎が燃え滾《たぎ》った、強い言葉だ。

　以前のクラス全体へと向けられていた怒りとは異なり、今回、激情は霧道個人へと向けられている。

　体は無傷でも。何の痛みも感じなくとも。

　好いた相手からの言葉の刃《やいば》は、的確に霧道の心を穿《うが》ってゆく。

「ただ平穏に生きたいと願う彼を幾度も侮辱し、何の関係もない倉敷さんにまで手をあげた……ッ。なんたる卑劣、なんたる邪悪……、貴方とも和解の道があると思っていた自分が情けないッ」

今この瞬間だけは、そこに立っているのは正義の味方なんかじゃなくて。ただの高校一年生、朝比奈霞という少女なんだ。

だから響くし。

正義の味方と一生徒ではなく、ただの少女と少年に堕《お》ちた今。

はっきりと告げられた否定は、霧道にとって一番つらいだろう。

「ねえ霧道くん……生まれて、初めてこのセリフを他人に言うわ」

「あっ、あさひ――」


「私は貴方が嫌いよ。もう二度と顔も見たくないわ」


心が砕ける音がした。……霧道は、膝から頽《くずお》れる。

その瞳は虚《うつ》ろで、一切の光を宿しちゃいない。

ただ虚無だけが広がっており、そんな霧道へと榊先生から声が上がる。

「霧道。貴様を校則違反とみなして罰する。該当項目は校則の第五項、並びに第六項、そして第七項。違反内容としては生徒に対する暴力行為。及び生徒の所持品、並びに生徒が借りた学園の所有物の破損、及び許可なき使用。生徒が借りた学園の所有物の破損については『重複違反』とみなし、貴様に科す罰は必然的に二倍となる」

かくして、霧道走は終焉《しゅうえん》する。

教室内の器物破損×11。並びに所持品の窃盗×3。暴力行為×2。

「傷の具合、そして現状から第五項、暴力行為の罰金は私が独断と偏見で決定する。雨森悠人《ゆうと》に対する暴力の罰金を20万、そして、倉敷蛍《くらしきほたる》に対する暴力の罰金を40万とする」

恐らくその違いは、男か女か。

男は顔に傷が出来たくらい問題はない。

が、女性は違う。顔に傷が出来るなどシャレにならない。

故に、納得出来る決定だ。

多くの物品の弁償額に加えて、窃盗に暴力行為の罰金も加算される。

……うん。少しやり過ぎた気もするけれど、まあ、終わりよければ全てよし、だ。

『霧道走は、校則第五項、第六項、第七項に違反しました。罰として所持金から236万1612円が減額されます。……エラー。所持金の不足が確認されました。よって校則第一項に従い――』

彼のスマホからインフォメーションが鳴り響く中、僕は第一項を思い出す。

【第一項、以下の全ての校則は原則として学園生活において絶対のものとし、校則を破った際、罰金を払える状態になかった者は総じて退学処分とする】

それはどう足掻《あが》いても救済不能な、最悪の一文。
されど、だからこそ安心出来る。
僕は大きく息を吐き、瞼《まぶた》を閉ざす。

『——霧道走を退学処分とする』

それは、学園内において神すら凌駕《りようが》する絶対の文言。
割れた窓ガラスの外から爽やかな風が流れてくる。
季節は、春だ。期待に胸を膨らませ、新たな門出を祝う季節。
桜の花びらが風に舞い、頭の上に落ちてくる。
僕の心もまた、春の日差し同様に晴れやかだった。
——ただひたすらに、教室の空気とは裏腹に。

☆☆☆

霧道走という生徒を中心とした、学園生活最初の事件。
まあ、事件と呼ぶほど大きなものでもないのだが、これは、そのささやかな後日談。

霧道走は、退学となった。

その事実は瞬く間に学園中に広まったらしく、その被害者である僕と、隣に座っている彼女――倉敷蛍は必然的に一躍時の人、みたいな感じになってしまった。

時分は、霧道が退学になった翌日の体育の時間。

僕は頬に氷嚢《ひょうのう》を当てながら。倉敷は頭に包帯を巻いたまま。

それぞれ先日の怪我《けが》の影響で『見学』が許された僕らは、二人並んで座り込み、じっとクラスメイト達《たち》の戦闘訓練を眺めていた。

「で、結局雨森くんの本当の異能って何だったの？」

「言ったろ、【目を悪くする】って」

何度目かも分からない質問に、何度目かも分からない返答をする。

「そんな嘘はとっくに聞き飽きたよっ！　霧道くんが言ってたみたいだよ？　朝比奈《あさひな》さんが空き教室に入っていくのを見た。朝比奈さんの幻聴が聞こえてきた。雨森は絶対に異能を隠してる、って」

「狂人の戯言《たわごと》だな。真面目に聞いてたら耳が腐るぞ委員長」

そう告げるが、委員長の顔色は優れない。

「正直、私もよくわからないんだよねぇ……特に、霧道くんを嵌《は》めた写真と映像。あれに私は一切関与していない。霧道くんも知らないなら、あれは雨森くん、君が変装し、君が一人で撮影したことになる。……だけど、写真は一人であんなふうに、あんな角度で撮れるようなものじゃない」

彼女は僕の瞳を覗《のぞ》き込む。口調こそ公正なる委員長のものであっても――僕を見るその目は、まるで猛禽類《もうきんるい》のように鋭い光を纏《まと》っていた。

「――ねえ雨森くん。朝比奈さんと裏で繋《つな》がってたりする？」

そう言って彼女は、体育の授業を受けている朝比奈嬢へと視線を向けた。

【雷神の加護】。あの異能の一番の恐ろしさは速度にあると思う。だってあの速度、雨森くん……なら反応出来るかもしれないけど、普通の人間には無理でしょ？　あれ、たぶんどれだけ強化してたって私達の反応出来る速度じゃないよ」

仮に朝比奈嬢のスピードなら、霧道の見た幻覚も全て辻褄《つじつま》が合う。

そして、あの映像の霧道が僕の変装だとするならば、写真の謎も解けるだろう。

だけどね倉敷。その推理には一番重要なことが抜けているよ。

「……あの朝比奈が僕みたいのと手を組むとでも？」

「……だよねぇ。知ってたよそのくらい」

僕の言葉に、倉敷蛍は驚くくらいあっさりと引き下がった。

僕が朝比奈と裏で繋がっている。

明言しよう、その可能性はゼロだ。確実にあり得ない。

これだけは嘘でも何でもない、純然たる事実。

……ま、それは彼女の性格を考えれば誰でも分かることなんだろうけどな。

ちなみに、倉敷が僕のことを遠回しに『人外』と言っているのは無視した。

「だったら、既に私以外の誰かと協力関係になっている、くらいしか考えられないんだよねぇ。……あーあ、読み間違えたなー、雨森くんて私以外とろくに話せない生粋のコミュ障だと思ってたのにさー」

「おい、悲しいこと言うな」

別にお前以外と話せないわけじゃない。単純に話す必要がないだけだ。

別に話そうと思えば誰とだって話せる。たぶん廊下ですれ違った顔も知らない上級生の女子にすら話しかけられる。話しかけた後のことは知らないけど。

「ま、もう一人の協力者、については後々聞き出すにしてもさー」

彼女はそう前置きすると、再び僕の方へと視線を戻した。

「私の今の予想ね。雨森くんの異能は――『姿を変える』異能だと思うんだ」

「……お前は、本っ当に話聞かないよな」

思わずこっちが折れたくなってくるくらいには。

そう考えて大きく息を吐くと、周囲へと小さく視線を巡らす。

とりあえず聞き耳立てているような存在は……そうだな、遠くで訓練中の朝比奈嬢以外は見当たらない。何故《なぜ》彼女が僕に興味津々なのかは全く理解出来ないが……ま、さすがにこの距離で聞こえちゃいないだろう。

「……そう、だな。お前の考えは間違っちゃいないよ」

「おっ、本当のこと言う気になったね？」

ずいずいっと倉敷が近寄ってくる。すると、遠くの方で朝比奈嬢が体を震わせ、ちらちらと先ほどよりも高い頻度でこっちを見てくる。なんだこいつら。

僕はため息を一つ、改めて自分の能力を告白する。

「僕の本当の異能は【変身】。俗に言う第四位……何の特徴もない雑魚能力だ」

その答えに、倉敷はとてもつまらなそうな顔をした。

彼女の顔に書いてる『それも嘘だろ』と。僕は見なかったことにした。

「朝比奈嬢に化けて、霧道《きりどう》のすぐ近くで奴《やつ》を煽《あお》った。それが答えだ」

というより、徹底的に無視した。その方がずっと霧道を怒らせやすい気がしたからな。

そのうえで、あの偽装ラブレター。倉敷に書いてもらったアレだな。遠くから聞こえてきた霧道の絶叫を聞くに、効果抜群ではあったのだろう。

「でも、雨森《あまもり》くんって、ずっと私と同じ教室に居たよね？」

「そうだったか？　お前に殴られた衝撃で記憶があいまいになっているのかもしれない」

「……もっと強く殴っとくべきだったか」

僕のテキトーな返答に、彼女は苛立《いらだ》ち交じりの言葉を漏らした。

「……ま、お前が僕を知る必要はない。僕が、お前を詮索しないようにな」

前にも言ったが、彼女が僕のことを知り、信頼する必要はないのだ。

ただ、作戦を聞き、遂行してくれればそれでいい。

所詮はお互いに協力し、利用しているだけだ。

僕が考え、お前が動く。互いが互いを利用して成り立っている、歪《いびつ》な関係。

それでもこうして、軽口を叩《たた》き合えているのだから不思議なもん……って。

なんだか嫌な気配が近づいてきた気がして、前の方へと視線を向けた。

「あっ、ああ、あ、あまっ、あまもろ、あまもっ、雨森くんっ！」

目の前には、しどろもどろになりながらも僕のことを見つめている朝比奈嬢の姿があり、クラスメイト達からの生暖かい視線が妙に居心地悪い。

「く、クラスメイトの朝比奈よ！　よ、よかったら私とストレッチでも——」

「すみません、今療養中なんで」

「——しない、わよね。ええ分かってた。うん、分かってたわよ朝比奈霞《かすみ》……」

当然のように拒絶。

もともと彼女とは関わり合いになる気はなかった。彼女も駒の一つとして利用させてもらう気満々だが、それでも日常生活で絡まれるのはちょっと違う。いやだいぶ違うかも。

だから僕は、『霧道から守るって言ったくせに守らなかったじゃん。約束破られて信用出来なくなったなー。話しかけないでもらえます？』という態度を貫く。

霧道が居なくなったが関係ない。

いくら『しゅん……』とかしてもだめだぞ朝比奈嬢。落ち込んでても励まさないからね。僕は君と会話したくないんだ。言ってる事お分かり？

「で、でもっ、でも雨森くん！　怪我してる時だからこそストレッチは大事だと私は思うわ！　なにせ怪我してたら運動不足になりがちだもの！　無理しない範囲でのストレッチこそ最適だと私は思う！　私、負けない！」

しかし、朝比奈嬢も引く気はない様子。

いや、最後の一言、思いっきり内心吐露してたけど、何言ってんのこの子。

怪我してる時はおとなしく休む。ソレが鉄則だろうに。

また拒絶しようと口を開きかけ——されど、重ねるように朝比奈嬢の声が響く。

「わ、私は貴方《あなた》を守れなかった……。それは変わらない、変えるつもりもない。言い訳するつもりも一切ない。私のせいで貴方が何度も怪我をした。その事実は絶対に変わらない。その罪は、一生消えることなんてないのよ」

「……なにを言って——」

「だからこそッ！」

響く朝比奈ボイス。もうこの子は僕に何か言わせるつもりがないんじゃないかな。

隣で倉敷《くらしき》が声を殺して笑ってる。

朝比奈嬢は緊張に顔を赤らめながら、握り拳を体の前で構えて宣言する。

「私はどんなに拒絶されようと、貴方のことを諦めない！　今度こそ、貴方が平穏に過ごせるよう、私が傍《そば》で貴方を守るわ！　この命に代えたとしても！」

それは、朝比奈霞の宣言だった。

僕を守る。その発言は万人を守る正義の味方として如何《いかが》なものかとは思ったが、さすがに朝比奈嬢とて何の考えもなしにそんなことを宣言するとは思えない。

つまるところ、考えた末でのその答え、なのだろう。

彼女はじっと僕の瞳を見下ろしている。

……いいだろう、朝比奈霞。お前がそこまで言うなら僕にだって考えはある。

僕は立ち上がると、朝比奈嬢を真正面から見つめ返す。

おそらく僕の瞳には覚悟の炎が宿っているだろう。

瞳に宿る炎に何を見たか、朝比奈嬢はその表情をほころばせ――

「あの、ウザイから話しかけないでくれます？」

――朝比奈霞は、吐血した。

第三章　新たな悪意　熱原永志

少年は、行儀悪く机に両足を上げ、窓の外を見つめていた。

ぽつりぽつりと下校していく生徒達《たち》。

そんな背中を眺めながら、少年は弓のように口の端を吊《つ》り上げる。

「まさか、最初の退学者が『C組』から出るとはなぁ？」

クラス内へと視線を戻す。

放課後にも関わらずそのクラス——『一年A組』から出ようとする生徒は一人もおらず、
少年は椅子から立ち上がり、教壇へと向かう。

向かう先には、椅子に縛られ、口も利けなくされたクラスメイトの姿。

男はそのクラスメイトを、思い切り殴り飛ばす。

生々しく響く鈍い音と、弾《はじ》ける鮮血。クラス内から押し殺した悲鳴が漏れる。

しかし、その少年だけは一片の曇りもない笑みを浮かべていた。

楽しげな、子供みたいな無邪気な笑みで。

狂気をその瞳に浮かべて、椅子ごと倒れたクラスメイトの髪を鷲掴《わしづか》みする。

「『霧道走《はしる》』……ねぇ？」

「最初の退学者は、このクラスからだと思ったんだがなー！」

その少年――【熱原永志《ねつはらながし》】は、悪意に満ちた醜悪な笑みを浮かべる。

その少年に人望はない、人脈もない。人を気遣う心もない。

だが、悪意と暴力があった。クラス中を黙らせられるだけの力があった。

そして、加護の異能にも恵まれていた。

故に、彼はたった一日でA組を完全に手中に収め、掌握していた。

「さぁーて！　俺は今からこいつをボコるが、文句ある奴ァ手ぇ上げろ！　俺に勝てるんなら、いくらでもこの地位、明け渡してやるからよォ！」

クラスの中心。リーダーの地位。誰が見ても明確な、王の座。

誰一人望まなくとも、その立場に今、熱原という個人が立っているのは明白だった。

けれど、それもそのはず。

初日の体育で、たった一人がクラスメイト全員を倒したという、前代未聞の大事件。

本人によって箝口令《かんこうれい》が敷かれたため、噂《うわさ》が漏れることはなかったが……その一件は彼の力を明確にしてしまった。

――まとめてかかっても、そいつには敵《かな》わない。

全員の深層心理に刻まれた恐怖は、時に、何物にも勝る『統率』となる。

「ケヒッ」

まるで見透かしたように、熱原は笑う。

その目は倒れた生徒へと向かい、やがて、熱に浮かされたように狂気を浮かべる。

「C組……かぁ。誰だろうなァ？　霧道ってのを、退学させた奴」

かくして、狂気は標的を定める。

しかし、まだ、誰も知る由はない。

矛を向けた相手もまた――とびっきりの狂気であるということを。

☆☆☆

霧道走が退学して、一週間ほど経過した。

その間何事もなく……という訳にもいかなかったが、まぁ、大きな出来事もなかった。

あったとしても、クラスメイトが校則違反をして罰金を食らっただとか、雨森がまた朝《あさ》比《ひ》奈《な》さんを泣かしただとか、席替えをして座席が替わったとか。そんな程度だ。

ちなみに席は、窓側最後尾。もともと霧道が座ってた席に変更になった。

「……はぁ」

「ん？　どうした、ため息なんてついて」

ふと、爽やかな声が聞こえて前を向くと、烏丸《からすま》冬至《とうじ》の姿があった。

パーマがかった茶髪に、女子だったらひと目で惚《ほ》れてしまいそうな整った容姿。どこぞの馬鹿が初日からやらかしたせいで埋もれていたが、今ではれっきとしたクラスカースト最上位……なんだけど、こいつ毎日話しかけてくるんだよな。確かに友達みたいなこと言ってたけど、陰キャと話してそんなに楽しいかな。

そんなことを思いつつも、彼の疑問に頬杖《ほおづえ》をついたまま言葉を返す。

「……いや、少し疲れがな」

「……あぁ、そゆこと」

そう言って、烏丸は前の方へと視線を向ける。

僕もつられて視線を向けると……うっわぁ、倉敷と朝比奈嬢が真面目な表情を浮かべて話し合ってる。しかも朝比奈嬢の表情は真剣の一言に尽きる。なにやらメモもしている様子だし……嫌な予感が溢《あふ》れてくるぜ。

――倉敷蛍《ほたる》。彼女の役割は、あらゆる信頼を勝ち取ることだ。

もっと言ってしまえば、朝比奈霞の親友になること。すぐ隣で彼女を支え、クラスを信頼でけん引する。そんな、一年C組のもう一つの精神的支柱となることだ。

その件は既に倉敷にも伝えていた。その際に、『なんだったら僕を利用してくれても構わない』と、優しさから口を滑らせてしまったのだが――それが命取りだった。

「も、もっと他にないのかしら蛍さん！　私、雨森《あまもり》くんともっと仲良くなりたいわ！」

「落ち着いてよ霞《かすみ》ちゃん。実は雨森くんをオトす方法はいくつか考えてきてね！　今日はそのうちのいくつかの方法を試してみたいと思ってるんだーっ」

そんな会話が聞こえてきて、僕はきっと梅干しのように顔をしかめたと思う。

しかし窓ガラスにはいつも通りの無表情が映っていて、なおさらにため息が出る。

いつの間にか下の名前で呼び合う仲になってるし、僕の依頼したことは順調なんだろうけど……ものすごくめんどくさいです。もっといい方法なかったのか倉敷。

「アレのことだろ？　雨森も損な役回りだよなー。運悪く強くない異能を引いて、運悪く馬鹿の居るクラスに入れられて。そんでもって運悪く朝比奈さんと同じクラスに入れられた。……最後のひとつは、先の二つがなければラッキーなんだろうけど」

「……まぁ、否定はしない」

肯定もしないがな。

そんな内情を知ってか知らずか、彼は少し『大きな』声でこんなことを言い放った。

「で、どうなのよ実際？　クラスの二大美少女との関係はさぁ？」

その言葉に、目に見えて朝比奈嬢の肩が震えた。

……この野郎、教室の端まで『何とか聞こえる』って程度の絶妙な大きさで言いやがった。見ろよ、さっきまで真剣な表情浮かべてた朝比奈嬢が赤い顔してチラチラこっち見始めてんぞ。恋する乙女かお前は。

「そうだな……。倉敷さんは知人以上、友人未満ってところか？」

「ん？　それじゃあ朝比奈さんは……」

「は？　誰だそいつ。そんな奴《やつ》居たっけ？」

言った途端に朝比奈が頽《くずお》れ、烏丸を始めとした数名が額に手を当て『Ｏｈ……』と悲しげな声を漏らした。

「お前……本気で言ってるのか？」

「何を言っている烏丸冬至。僕はこれでもクラス全員の名前を上下ともに覚えている自信があるぞ。僕が覚えてないとしたら余程興味の欠片《かけら》も無い奴だけだ」

「そ、そうよね……ええ、分かってたわよ朝比奈霞。私、ちょっと尋常じゃないってくらい雨森くんから嫌われているだけ……。そう、それだけなんだから……」

「ちょ、ちょっと霞ちゃん……っ！　こら雨森くん！　一体何度言ったら朝比奈さんのこと認識してくれるのっ！」

遠くの方から二大美少女とやらの声が聞こえてくる。

が、もちろん無視。

真《ま》っ直《す》ぐに烏丸へと視線を向けていると、彼は困ったように頬をかいた。

「……困ったな。俺、これでも嘘《うそ》かホントかくらい見分けられる自信あったんだけど。お前を見てると自信なくすよ」

「そうか？　頑張れよ」

「ははは……、そんな無表情で言われてもな」

そうこうしているうちに、既に始業一分前。

倉敷《くらしき》が自分の席……つまるところ、僕の前の席である烏丸の隣へと戻ってくると、頬を膨らませて僕のことを睨《にら》んでくる。あら可愛《かわい》い。

「覚悟してよねっ！　絶対に朝比奈さんと仲良くしてもらうんだからっ！」

「いや、だから誰だその男は」

「女の子だよっ！　せめて性別くらいは把握してあげてっ！」

倉敷のツッコミにクラスの数名が笑い出す。

その中には烏丸の姿もあり、彼は目元の涙を拭きながらこう言った。

「うん、やっぱり仲良いよな、お前ら！」

どこがだ、と心の中で言い返す。

☆☆☆

「なぁ、私とお前って仲良いのか？」

「良くはないが、少なくとも『委員長』とは仲良く見えるんじゃないか？」

放課後。30万で一年間借りた『僕の』教室に、我が物顔で居座る倉敷。

おいこら部活はどうした。お前確か陸上部だろ。そう言いかけて窓の外へと視線を向けると、なんとまぁ見事な土砂降り。これでは部活も出来そうにない。

彼女は窓際の席で机の上に足を投げ出し、ピコピコとスマホゲームに勤《いそ》しんでいる。

スカートの裾から伸びる白い足が目に毒……なんて言うと思った？　残念ながら興味の欠片もありません。そりゃチラッとは見たけどね？　だって男の子だもん。

「で、どうだ進捗は」

「あー、いいんじゃねぇか？　とりあえず――

『あんなことになっちゃったけど……私は朝比奈さんに協力するよっ！　雨森くんと友達になろう大作戦、ちょっと難易度高めだけど……安心してねっ！　泥舟に乗ったつもりでドンと構えててよ！』

『……ふふっ、倉敷さん。そこは大船って言うところよ？』

『え？　あ、あぁ、そうそう、大船！　大船に乗ったつもりでね！』

『ええ、分かったわ。ありがとう倉敷さん』

『んもうっ！　蛍でいいってば朝比奈さん！』

『そ、そう？　なら私のことも――』……みたいなレベルまでは到達してるぜ」

うっはぁ……なにその情景が目に浮かぶような会話。

何だこのコミュ力モンスターは……みたいな目で倉敷を見ていると、何を勘違いしたか、彼女はスカートを小さく摘《つま》んで意地悪そうに口元を歪《ゆが》めた。

「おっと、流石《さすが》の無表情野郎も女子高生の生脚には釘付《くぎづ》けか？」

「え？　『なんだこの女子高生の皮を被《かぶ》った化け物は』としか見てなかった。ごめん」

「ぶち殺すぞてめー」

はっはっはー、お前に僕が殺せるかよ。百年修行して出直してこい。

そんな内心を吐露することなくテキトーな椅子を引っ張り出すと、机を挟んで倉敷の対面に腰を下ろす。

「で、だ。本題に入ろう」

「……本題、か。つーことは、いよいよてめーも動き出すのか？」

まぁ、そうなる……のかな。表向きには今まで通り一切動くつもりは無いが、そろそろクラスメイト達《たち》の『見定め』も終了したからな。

「倉敷。僕が集めると言っていた『仲間』、覚えているか？」

「『朝比奈の隣に立ち、クラスをけん引していける人物』と『雨森悠人《ゆうと》の隠れ蓑《みの》』……この二つで間違いは無いな？」

「あぁ、その通りだ」

これから先、表には朝比奈霞に立ってもらう。で、そのために必要な人員が二人いる。

一人は、朝比奈《あさひな》嬢の隣に立って一緒にクラスをけん引していける人材――倉敷蛍。

そしてもう一人は、僕の傀儡《かいらい》かつ隠れ蓑となる人物。言ってみれば、朝比奈の裏で糸を引いてるポジションの人材だ。

「誰かが、朝比奈の裏に誰かが居ると気が付いた時。真っ先に、迷うことなく疑う存在。頭脳明晰《めいせき》で、強い異能を誇り、出来れば表舞台には出ていないような人物。加えて無口であればなお良し」

「……難しい注文言ってくれるな。個人的には烏丸《からすま》なんていいんじゃねぇかと思ってたが……それならダメだな。アイツは表に出過ぎてる」

そう。もしも既に表に出ている奴が『朝比奈の裏で糸を引いていた！』と発覚したら、

『なんでお前が自分でやらなかったんだ？　誰かの裏に立つ必要ないだろ』と疑惑が生まれる。だからこそ、元々表とは無縁な存在でなければならない。

「ま、お前がそんな隠れ蓑作らず、堂々と裏で糸引けば一件落着なんだがな」

「うん、それは嫌だな」

能力的に無理な訳ではない。むしろ、僕がその立場にそのまんま入る方がよっぽどコトが上手《うま》く運ぶだろう。だが。

「隠れ蓑作っといた方が、自由に動ける」

極論をいえば、それだけの理由。

僕がその立場に入ってしまえば、少なからず『頭のいいヤツら』に認識される。そして、確実にマークされる。

そうなれば霧道《きりどう》を陥れた時のような証拠作りも容易には出来なくなるし……、なにより、僕が本気を出さないといけない相手が出てきた時に、自由に動けないのでは話にならない。

……しかし、そんな思いとは裏腹に倉敷はジト目だった。

「いや、お前は朝比奈のことが嫌いなだけだろ」

倉敷がそんな酷《ひど》いことを言うので、僕は悲しそうに目を伏せ答える。

「酷いな、僕は朝比奈のこと大好きだぞ」

「うっわ、過去一番嘘クセェ」

なんてことを言うんだい！　たとえ本当でも言っちゃいけないことがあるだろう！

そう、たとえ本当のことだとしてもな！　重要なことだから二度言ったけれども！

僕は無表情のまま彼女の言葉を無視すると、話の方向を本筋へと戻す。

「まぁ、何はともあれ。囮役《おとり》の勧誘に関しては僕に任せてくれ。それらしい人材は既に見つけてる。あとはそいつと接触して、どんな奴か見極めるだけだ」

まぁ、それが一番難しいわけだし、内情を知って『やっぱりコイツはダメだ』となる可能性が一番高いんだが……。けれど、この件に対して一切の妥協は許されない。

「倉敷は引き続き朝比奈の攻略を進めてくれ。上手くこっちで新しい仲間を作れたら、その時はそいつと朝比奈の関係も取り持ってもらうから」

そう言って彼女を見やる。

そこには真面目な表情で僕を見据える倉敷の姿。

「霧道を嵌《は》めた時の『協力者』についても教えねぇくせに、よく言うぜ」

それは……まあ、その通りだけれど。『自分の正体は誰にも明かさない』というのが、例の協力者のたっての願いなんだ。僕も協力してもらっている手前、その口約束を破るわけにはいかない。信頼って大事だからね。

「で、誰なんだよ。その新しく引き入れる奴、ってのは」

ふと、倉敷がそう問うてくる。

彼女の瞳には好奇心が強く映っていて、僕は何気なく窓の外へと視線を向けた。

大雨の中、多くの生徒が傘をさして帰寮する。通学路を多くの色が埋め尽くす中、僕は、その中で黒い傘をさす少年へと目をつける。

少年は視線を感じたのか、校舎の方向を振り返る。

さすがに目が合うようなことはなかったが……隣を見ると、僕の肩越しにそいつを見ていた倉敷は、これ見よがしに顔をしかめた。

「ま、まさか、あの根暗野郎にするんじゃねぇだろうな?」

彼女は、その男子生徒をそう揶揄《やゆ》した。

男子としては少し長めの黒髪に、黒曜石のように深い黒の瞳。

長身で、十人いれば十人が振り返るほど優れた容姿。

ただし社交性はなく、彼が今までクラス内で会話していた姿を見た覚えはない。

「女子としては、イケメンだって喜ぶところなんじゃないか？」

「にしては暗すぎるだろ……。強姦《ごうかん》されたあとの女みたいな目ぇしてるぜあいつ」

「女の子がそんなこと言うんじゃありません」

僕はすぐさまそう返すが、倉敷蛍《ほたる》はどこ吹く風。

僕は少年へと視線を戻す。彼は感じた視線に首を傾《かし》げつつ、再び帰路につく。もう彼が振り返ることはなく、その背中を僕は見送っていた。

——彼の名は、黒月奏《くろつきかなで》。雨森《あまもり》悠人の囮役……の第一候補でもある少年。

「入学の学科試験では受験者中、堂々『第三位』。運動能力の試験でも……学科ほどじゃないけどかなり上位の成績を残してるみたいだな。まぁ、俗に言う天才って奴《やつ》だろう」

そう言って、倉敷へと入学試験の結果表を渡す。

それを見た彼女は彼の叩《たた》き出した高得点に大きく目を剝《む》く。

「は、はぁ!?　な、なんだよこの点数！　一周まわってアホじゃねぇの？　朝比奈でも第八位だってのに……。というか、コイツより高得点出した二名を知りたいんだが？」

「悪いな。今回はC組だけだ」

得点の高い順に並んでいる結果表。

Ｃ組以外の生徒の名前は黒いペンで塗り潰され、閲覧出来るのはクラスメイトの名前だけになっている。まぁ、見せるの恥ずかしいから僕の名前も消してあるがな。

「というか、てめーどうやってこんなのを……」

「お前よりも先に声を掛けたんだ。相当優秀だと悟ってくれ」

倉敷《くらしき》蛍は、想定以上に優秀だった。

けれど、僕が真っ先に身内へ引き込んだ人物は彼女じゃない。

それだけ言えば、彼女は色々察してくれるだろう。

その察した結果が正しいか間違っているかは別として、な。

「例の協力者野郎か。こんなもんを出せる以上、ハッキング系統の異能力者か？」

「まぁ、そういう感じだ」

嘘《うそ》かもしれないけどね。そんな本音を隠し、僕は椅子から立ち上がる。

倉敷もまた、再び窓の外へと視線を向ける。

黒月奏は校門を抜け、やがて姿も見えなくなった。

「……暗そうなヤツだぜ」

「だから良いんだ。最適だろう」

圧倒的な異能を誇り。身体能力、頭脳共に学年で見ても最高峰。

そんなスペックがあるのに、目立とうとしない。そこまで全て揃《そろ》っているなら完璧だ。とくれば。僕は黒月奏という人物をさらに探らなければならない。

彼は何を求めて目立たないようにしているのか。

そして、何を与えれば力を貸してくれるのか。

倉敷のように、初めから方向性が似ていればいいんだけど……。

「まぁ、簡単にはいかなそうだな」

それは倉敷も同感なのか、胡乱《うろん》な目で僕を見上げている。

「なにか策は？」

「じっくりいく。けど、少なくとも朝比奈が動く頃には決断するさ」

仲間にするか、否か。

そう続ける僕を他所《よそ》に、興味をなくした様子の倉敷は鞄《かばん》を手に取った。

「ま、それならそれでいいさ。安心しろよ、失敗しても見捨てるだけだ。安心してじっくりしてろ。……私は第三者として、お手並み拝見させてもらうぜ」

「あぁ、黒月に関しては僕に任せてくれ」

僕の言葉を聞いた倉敷は、扉を開けて帰っていった。

その背中を見送った僕は、頭の中で構図を浮かべる。

今のクラスの状況、僕の立場、黒月奏のスタンス。

そして、他クラスの現状と、これからの推移推測。

一通り並べ、組み立て終えた僕は瞼《まぶた》を開く。

「……まぁ。なるようには、なるか」

かくして、僕もまた今日は帰途につく。

今日は疲れた。明日から本気を出そう。

そんなことを考えながら。

☆☆☆

突然だが、僕は体育の授業が苦手だ。

別についていけないわけじゃない。ただ、霧道に殴られたり、倉敷に異能について探られたり、朝比奈嬢に絡まれたりと……今まで何一つとして『良い思い出』がない。

だから、毎週火曜日の体育と、プラスアルファで毎週、不定期で訪れるその時間は否《いや》が応《おう》でも身構えてしまう。

「さて、今回は三回目の体育の授業だ」

白衣姿の榊《さかき》先生は、C組の生徒一同へそう告げた。

「初回は『異能』の恐ろしさを知ってもらうため、今は亡き霧道と、そこの雨森に戦ってもらった。二回目はそれを踏まえた上で基本的な体力、基礎能力について測定。そして三回目。今回からは異能に特化した訓練をしていく」

その言葉に、クラスメイト達《たち》がざわめき出す。

異能目当てでこの学校に入学した生徒は少なくないはずだ。もちろんそれが全て、というわけでは決してないが、ソレに対する興味が大部分を占めていたのも事実。

「既に数名、部活動に参加している者も居るようだが、来週から本格的に新入生の勧誘が始まる。そして、時を同じくして本年度、闘争要請《コンフリクト》が許可される」

「こん……？」

「コンフリクトだよ、雨森くん」

聞いたことの無い言葉に首をかしげていると、いつの間にか隣へとやって来ていた倉敷が話しかけてくる。その隣に朝比奈嬢までくっついてるから嫌になる。

「で、その……コンプリクト？　なんなんだそれ」

興味ないから、あんまり学園のシステムとか行事については調べてなかったんだよな。そんな思いから倉敷に問う。ただし答えは別の奴から返ってきた。

「クラスメイトの朝比奈よ雨森くん！　コンフリクト……闘争要請とは、この学園の生徒に許されたシステムの一つよ。勝負を要請した相手との間でルールと内容を決め、勝負することで優劣をつける。この学園において最も教師が重要視している部分でしょうね」

「……へぇ、ありがとう朝髭《あさひげ》さん」

「あ、あらっ？　なんだか名前間違われてるけれど、もしかして雨森くんに感謝されたのって初めてなんじゃないかしら……っ！」

そんなことを言って喜んでる朝比奈《あさひな》嬢。

何だかもう重症だな……と内心で頬を引き攣《つ》らせていると、どうやら倉敷も同意見だったらしく『あはは……』と困った笑顔だ。

「闘争要請《コンフリクト》は、あらゆる面で重要視される。もちろんその内容はゲームから殴り合いまで多岐にわたるが、その中において、あらゆる『校則』は適用除外となる」

再び榊先生の声が響く。

よく分からないが、おそらくその『コンフリクト』を行った場合、校則において縛られているあらゆる行動……例えば、そう。殴り合いとかも出来るってことだよな。

その考えを肯定するように、榊先生の声が響く。

「ここまで言えば大抵の者は気づいているかと思うが、この勝負において最も頻繁に行われているモノこそ、【異能力戦】。異能を用いた殴り合いの戦闘だ」

それで、最初の話に繋《つな》がっていくわけか。

クラスメイトを見渡すと、成功を確信して飄々《ひょうひょう》としている者、自分の力を思い出して興奮する者、不安そうに顔を曇らせる者……まぁ、こうしてパッと見渡しただけでも数パターン。しかし、中には相も変わらず無表情な者が数名いる。

当然、黒月奏もその一人だ。

それらの面々を記憶するように見ていると、ふと、隣から倉敷の鋭い視線を感じた。

「んっ？　どうかした雨森くん？」

「……いや、なんでもないさ」

僕を見定める。そう断言した倉敷蛍。彼女の視線の意味を自分の中で納得させていると、
丁度榊先生の説明が終わった。――の、だが。

「さて、それでは今より二人一組になって異能の訓練を始める」

「えっ」

教師から、今、一番聞きたくなかった四文字が聞こえた気がした。

二人一組……二人一組と言ったのかあの人は。僕は目の前が絶望感で黒く染まった。

現在、霧道《きりどう》が抜けてクラスは全部で二十九名。

つまるところ、一人余る。

もう一度言おう、一人余るのだ。

「あ、雨森く」

「朝比奈さーん！　ねぇねぇ一緒に組まない？」

「あっ、ずるーい！　私と組もーよ！」

「お、俺も俺も！」

話しかけてきた朝比奈嬢が、男子女子の混合軍によって飲み込まれてゆき、やがてその姿が見えなくなる。これはよし、許す。

僕はとっさに倉敷を捜そうとするが、いつの間にか隣から彼女は消えていた。

周囲へと視線を巡らせると、遠くの方で「ねぇ、誰か一緒に組んでくれないっ？」とか女子グループに参入していく彼女の姿を発見した。アイツ危機察知能力高すぎだろ。

それらを一瞥《いちべつ》、「さーて、パートナー探ししなきゃなー！」と、心の中で呟《つぶや》く。

え？　実際に呟かないのかって？

悪いな、僕には友達がいないんだ。

よく考えたら倉敷以外とマトモに話せる自信が無い。朝比奈嬢は論外としても……辛うじて烏丸《からすま》か？　まぁ、アイツはアイツで早速クラスカースト頂点の連中とつるんでるしな。

結局は独りだ。

とまぁ、そういうことで――

「なるほど、やはり貴様が残ったか」

「……どうも」

もちろん残るよね、余るよね、知ってました。

学力は平均的。目も死んでいるし顔に気力など微塵《みじん》もない。

加えて異能は弱く、何一つとして特筆すべき特徴のない平凡な男。加えて霧道の一件で悪い意味で目立ち過ぎた。どこか今のクラスには『話しかけにくい男、雨森悠人《あまもりゆうと》』みたいな雰囲気が漂っている。

だから、残った。

「そうか。まぁ、妥当だな」

妥当とか言わないでもらっていいすか。

周囲では既に二人一組での訓練が始まっている。

朝比奈嬢はそこらへんの女子生徒と。倉敷は無口そうな少女とペアを組んだようだ。朝比奈嬢はまだしも、倉敷は委員長として余りそうな奴《やつ》と組んだ、って感じかな。

「さて、それでは雨森……お前は私がペアということにしよう。といっても、その能力をどう鍛えればいいのか私には分からないが」

予《あらかじ》め言っておくと、彼女は僕の本当の力を知っている。

それは単に、彼女が僕の担任教師であるためだ。

担任の教師はクラス全員の『本当の』異能を把握している。……さすがに他クラスの生徒までは把握していないらしいがな。そう、信頼出来る伝手《つて》から聞いている。

……ただ不思議なのは、僕の異能は学園のデータベースにさえ【目を悪くする】と登録されているはず。そこから、どうやって僕の本当の能力までたどり着いたのか。

気にはなるが、今詮索するべきことではない。そう割り切って僕は口を開く。

「……そもそも、異能ってどうやって伸ばせばいいいんですか」

「それは簡単だ。使えばいい。使うほどに熟練度が増し、徐々に強化されていく」

まるでゲームだな。内心で呟いたところ、「まるでゲームだな」と榊先生からの発言。

良かったぁ口に出さなくて。危うくダブルブッキングする所だった。なんとなく言葉の使い方違う気がするけど。まあ、細かい事気にしたってしょうがない。

「……貴様の力は歴代遡っても類を見ない異質さだ。……正直、その特異性を前にしてはアドバイスもなにもないのだが、肝心なのは、その力が既に完成形まで至っているということ。であるならば、貴様は異能よりも技術を高めるべきだと思うが」

――完成形。彼女の口にした言葉を受け、僕は苦笑する。

「……なるほど。確かに、そっちを優先した方がいいですね」

「あぁ、そう言えば【目を悪くする】とかなんとか、嘘吐《うそつ》いていたんだったか？　自分の嘘は自分で尻拭いしろ、私は知らん」

彼女はそう言って視線を逸《そ》らしたため、僕は安堵《あんど》した。

本当の異能とかなんとか……あまり口に出したい話題じゃないからな。うっかりと彼女が僕の異能について口を滑らせることだってあるかもしれないし。

「それじゃ、自主練ということで」

「あぁ、そこらにでも座って練習していろ」

そう言われたため、近くの階段に腰を下ろし、自分の右掌《みぎてのひら》で左腕を摑《つか》む。

「さて、と」

図らずも、こうして時間が出来てしまった。

訓練こそするものの、それ以外は完全に手持ち無沙汰。

となると、やることなんて限られてくる。

「えっと……あぁ、見つけた」

榊先生に従い、異能の訓練をするクラスメイト達。

その中でも目立つ長身が見えて、僕は黒月奏《くろつきかなで》へと視線を固定した。

彼は……余り者同士で組んだんだろうな。クラスカースト下位の男子とペアを組んでいて、その姿は傍《はた》から見ればボッチのソレだ。

だが、それでも彼が僕のような『ボッチ』と見なされていないのは、おそらくルックスが優れていること。そして、強い異能を有していることにあるだろう。

「黒月！　貴様もクラスではかなり高位の異能力者……少しは力を見せてみろ！」

遠くから、榊先生の声が聞こえる。

見れば、黒月は僅かに眉根を寄せてはいたが、教師に逆らうつもりはないのだろう。

彼は黙って右手を前方へ掲げる。

そして――虚空に【魔法陣】が、現れた。

「なるほど。あれが……」

彼の能力……こうして見るとその凄《すさ》まじさを実感する。

魔法陣から現れたのは紅蓮《ぐれん》の炎。

凄まじい勢いで飛び出した炎はグラウンドを灼《や》き、深く抉《えぐ》り、爆発を起こす。

爆風が黒月の前髪を吹き上げる。

顕《あらわ》になった瞳は……どこか、絶望しているようにも見えた。

「【魔王の加護】……あらゆる魔法を使えるようになる異能」

加護の異能。つまりは、朝比奈嬢、倉敷《くらしき》と同等の異能。

加えて凄まじいのはその能力だ。

僕ならその力を『万能』と称す。

彼の能力は、魔法と定義されるものならばなんでも使える、という反則なのだから。

「やっぱり選ぶなら、アイツだろうな」

加えて彼は、正真正銘の天才だ。

努力している素振りなど一切ない。授業もまともに聞いてはいない。体育も明らかに手を抜いている。それでも、確実に好成績を修めている。

もちろん、入試の時のような馬鹿げた成績は残していない。

だが、手を抜いてなおC組最上位の成績を誇っているのもまた事実。

……だけど。

魔法を打ち終えた彼の背中は、どこか寂し気に見えた。

多くの才に恵まれ、多くの力を得て。それでもあんな顔をする理由は何なのか。

「さて、それも気になってくるが……」

問題は彼を説き伏せる方法だ。

以前に語った通り、彼は何を欲しているのか。何を与えれば協力関係を結んでくれるのか。そこを考えるべき。……なのだが。その大前提として、まずクラスメイトの一人としてではなく、僕を雨森悠人という個人として認識してもらう必要がある。

現時点じゃ、まだ話したこともない他人。話し合いにすらなりはしない。

だから、雨森悠人という個人を認識させたうえで、説得出来るだけの何かを持っていかなきゃいけない。理論武装であったり、なんなら賄賂でもな。

――と、ここまで思考をまとめたところで、少し自分の焦り気味を実感する。

……まいったな。有用そうな男だったから、ついつい考えが飛躍していた。

すっかりと、最初に考えるべきことを忘れていた。

僕は再び彼を注視すると、今一度自分に問いかける。

――黒月奏は、本当に、相応《ふさわ》しい人間なのか？


その一点について、再度確認せねばなるまい。

強く、才能もあり、条件も満たしている。

だが、その程度は？　どれだけ強い？　どれだけの才能がある？

詳細を『潜在能力』の一言で流すのは簡単だが、期待するのは危険なだけだ。

全く分からない、じゃ話にならない。情報が足りないなら集めるしかない。

期待を確信に変えるだけの情報を得なければ、交渉作業にすら取り掛かれない。

……そのためにも、この場は心の底から望ましい。

「さて、ある程度身体《からだ》も温まったところで、今より『闘争要請《コンフリクト》』の模擬戦を行う」

十数分後。榊《さかき》先生の言葉に、Ｃ組生徒達《たち》に緊張が走った。

「い、今から、ですか……？」

「そうだ。先も語ったように、間もなく闘争要請《コンフリクト》が開放される。だというのに、訓練ばかりで一度も実践経験がないのでは、二、三年生の格好の的だろう？」

……さらっと言うけど、二、三年生に狙われるのか僕達。

個人的に集めた情報によると、一年生も一筋縄じゃいかない気がするけどな。

ま、そこらへんは榊先生も分かっているのだろう。……分かったうえで言わないのだろう。上級生に意識を向けても、同級生に足を掬《すく》われるだけなのに。……性格悪いなぁ。

僕らの視線の先で、性格の悪い笑みを浮かべた先生は、人差し指をピンと立てた。

「ここで重要なのは、手を抜かないこと」

倉敷がこっちを見る。おいこら、やめんさい、こっち見んな。

頑《かたく》なに視線を合わさず榊先生を見ていると、彼女はため息とともに視線を逸らした。

代わりに今度は、榊先生とばっちり目が合う。……榊先生は僕の本当の能力を知ってるわけだし、今の言葉は僕に向けていたのかもしれない。

だけど、僕個人としては、黒月奏へ向かって欲しいな。

「んー？　なんでですか、先生ー」

前の方から声が飛ぶ。今の軽い声は烏丸か。彼の質問に対し、榊は少し微笑《ほほえ》んだ。

「そうだな。この先、個々人ではなく『クラス一丸となって』戦う機会もあるだろう。例えば『代表数名によるクラス対抗戦』とかな。その時のためにも、誰が強くて誰が弱いか、しっかりと理解しておいた方がいいだろう？」

「……なるほどー。確かにそうですね」

榊先生は具体例を示してそう言った。

……ってことは、あるんだろうなぁ、そういうことも。

あぁ、やだやだ。そういうイベント絡みで僕の弱さが露見すると、まーた朝比奈《あさひな》嬢が近寄ってくる気がする。やっぱり『最弱』ってのがいけないんだろうか？

程々に、弱くもないけど強くもない。そんな平凡を攻めていくべきなんだろうか？

「というわけで。誰が強くて誰が弱いか、白黒ハッキリつけてもらうぞ」

かくして、榊先生は笑顔を見せた。

僕もまた、やっと黒月の実力が見られるだろうと内心微笑み。


——そして、その数分後。

「…………嘘だと言ってくれ」

僕の目の前には、『対戦相手として』黒月奏が立っていた。

☆☆☆

えっ、なにこの悪質な冗談。

僕は対面に立つ黒月に、内心頬を引き攣《つ》らせた。

彼はポケットに手を突っ込み、涼し気な顔をして立っている。

こうして立っているだけで絵になるんだからイケメンはすごい。

「さて、公正で平等な独断と偏見で決めた第一回戦、黒月と雨森《あまもり》だ」
「せ、先生！　どこが公正で平等なのでしょうか!?」
さすが朝比奈嬢！　いいこと言った！
そうだよ、こっちは黒月の本気が見たいんだ！
他の生徒の戦闘訓練もあるんだし、黒月が戦うのはこれ一回限りだろう。
それを……相手が僕だって？　冗談きついぜ榊先生。
僕が戦ったって瞬殺されて終わりだろ。
考えるまでもなく僕の瞬殺だろ。
魔法ぶっぱなされて直撃して即死まで想像出来たわ。
「平等で公正というのであれば、彼にはもっと相応しい相手がいるはずです！」
朝比奈嬢は叫ぶ。
その言葉にクラスメイトが沸き、僕は拳を握りしめた。
よしっ、よく言った朝比奈嬢！
僕達はな、お前ら二人のガチバトルが見たいんですよ。
誰も『黒月に雨森が瞬殺される画《え》』なんて興味無いんですよ。
強いていえば倉敷が笑い話にするつもり１００％で見るくらいなんですよ。
だから、僕なんか放っておいて、さっさと二人で始めてくれ。

クラス最強の実力者、朝比奈霞《かすみ》。孤高の天才にして一匹狼《いっぴきおおかみ》、黒月奏。

二人の激戦を僕らは想像し。

そして、朝比奈霞は叫んだ！

「雨森くんとは、この私が戦いたいです！」

「黒月君、どうぞお手柔らかにお願いします」

僕は誠心誠意、頭を下げてお願いした。

いやー、黒月さん、さっきまでなんか乗り気じゃなくてすみませんっした。

さすがにアレと戦うよりはマシですよ。いやマジで。

朝比奈嬢はショックを受けたように頽《くずお》れ、榊はくつくつと笑みを浮かべている。

どーせ『手を抜いている者同士潰し合え』とでも思っているんだろう。この鬼畜が。

「そ、そんな……あ、雨森くん！　わ、私と訓練しましょう！　私なら、上手《うま》い具合に雨森くんの訓練にもなると思うの！　私、一生懸命頑張るわ！」

「……えっと。どなた様でしょうか？　他クラスの生徒？」

「くぅうう!?」

追い討ちの口撃に、遂《つい》に朝比奈嬢が倒れ伏す。

大袈裟《おおげさ》に倉敷が駆け寄っていく中、僕は黒月へと向き直る。

彼は静かに僕のことを見ていた。

されど……その瞳は、どこか僕ではない遠くを見ているようにも思える。

「……降参、するなら今しかないぞ」

ここに来て初めて、黒月《くろつき》が声を発する。……すさまじいイケボだった。

女子達の間から黄色い悲鳴が上がり、黒月は鬱陶しそうに顔を歪《ゆが》める。

「降参したいのは山々なんだけど……出来そうな雰囲気じゃないんでね。出来れば、手加減してもらいたいところだ」

「……了承した。一撃で決めてやろう」

興味なげにそう返した黒月は、右手を僕の方へ掲げる。

黒いエネルギー（魔力ってヤツだろうか）が右手に集い、それを見た榊が合図を放つ。

「それでは！　戦闘訓練、開始！」

開始の合図が響くのと、黒月が動き出すのはほとんど同時だった。

「穿《うが》て『ブラックボール』」

放たれたのは、ほぼ視認不可能の超速の一撃。

威力こそ控えめに見えるが、それでも直撃すれば失神は必至だと思う。

黒月は興味を失ったように僕から視線を切って。

朝比奈嬢が、焦ったように僕へと手を伸ばす。

——敗北。そう誰もが思った、僕も思った。絶対負けると思った。

うし、直撃しようと心に決めた。
けれど、気が付いた。気が付いてしまった。
……あっ、靴紐解《くつひもほど》けてるじゃん、と。
「おっと」
しゃがみこみ、靴紐を結び直す。
その、僕の頭上を『ブラックボール』とやらが通過していく。
「…………はぁ？」
黒月から放たれた、微妙な声。
靴紐を結び直して視線を上げると、彼は困惑に染まった目を向けてくる。
どうしたんだろう？　と首を傾《かし》げ、振り返る。
ブラックボールは、地面に突き刺さって消えていた。
おやっ、どうやら偶然、たまたま、奇跡的に躱《かわ》してしまったらしい。
こりゃいかんな。瞬殺されようと思ってたんだが……まぁ、この際だ。
ある程度、調べられる限りは調べておこう。
この男が、どれだけ強いのか。
――僕の隣に立つだけの、器を持った人間なのか。
僕は拳を鳴らすと、彼を見据えた。

「さぁ、勝負だ、黒月奏《かなで》」

その言葉に、ややしばらく黒月奏は硬直していた。

何故《なぜ》、どうして。そんな言葉が脳内を巡るだろうが、されど今は模擬戦中。

結果として、彼は無理矢理に疑念を完結させたようだった。

「……ふん、運のいいヤツだ」

彼は再び右手を構えて、さっきよりも大きなオーラを出し始めた。

おっとやべぇ、これを食らったら間違いなく死ぬ。

死の予感を覚えた僕は、黒月の周りを走り出す。

そんな僕の姿へ、黒月奏は目標を定めた。

「今度は外さん『ブラックボール』！」

先よりも大きめな声のブラックボール。威力も大きさも速度も先程以上。

なんつー能力だよ……と文句を垂れつつも、僕は察した。これは躱せない。さすがに生身の人体で躱せるような速度じゃないわ。霧道《きりどう》の何倍の速度だよ、と。

そう考えつつも……はたと、僕は気が付いた。

気が、付いてしまったのだ！

「あっ、部屋のストーブ、消したっけ」

……というか、四月にストーブってあり得るのか？　立ち止まって考え込む。

直後、僕の鼻先をシュンと何かが掠《かす》めていった。

「――っ!? ま、また……躱しただと？」

「……？　今、なんかしたのか？」

僕は全く気づいてなかった！

僕の鼻先をブラックボールが掠めていった、などとはな！

ええ、全然気づきませんでしたし、全部偶然ですとも。

ブラックボールの直撃しないギリッギリの場所で立ち止まったのも。

さっき、偶然にも靴紐が解けていることに気が付いたのも。

唐突に、一度も触ったことのないストーブの電源が気になったりしたのも。

全てが『たまたま』。俗に、奇跡や偶然って呼ばれるヤツだ。

僕の様子を見ていた生徒達《たち》は、大きく目を見開いて固まっている。

その中で、真剣な表情を浮かべた倉敷《くらしき》が、なんか調子に乗って変なことを言い出した。

「なるほど……。前々から、雨森くんは只者《ただもの》じゃないと思ってたんだよ」

「ほ、蛍《ほたる》……さん？」

朝比奈嬢からの困惑の声。

クラスメイト達から注目が集まる中、倉敷はこんなことを言い始めた。

「あれだけ強い霧道くんに暴力を振るわれ続けて……骨折のひとつもしてなかった。それには理由があると思ってたけど……やっぱり！　雨森くんは、非常に運がいいんだよ！」

何言ってんだこいつ？　僕と、過半のクラスメイトはそう思った。

しかし、朝比奈《あさひな》嬢は全く別の反応を示している。

「……っ！　い、今まで全て、運良く急所を避けることが出来ていたとしたら……」

「――【運命の悪戯《ラックス・フェイト》】とでも言いましょうか」

誰かが言った言葉に、朝比奈嬢が目を向けた。

声の方へと視線を向けると、何故か眼帯をしてるクラスメイト、天道昼《てんどうちゅうに》　仁さんの姿が。

彼女は「ふっふっふー！」と笑い声をあげると、厨二病《ちゅうにびょう》全開で声を上げた。

「そう！　それこそが雨森氏へ贈られた先天的ギフト！【目を悪くする】という低位の異能を引き当てたのもまた運命！『強運』であるがゆえ、天が定めた神の鎖！」

「つ、つまり……！」

「意外と雨森氏は強いかもしれない！　ということで……」

「『ブラックボール』」

「ぶへっ!?」

情け容赦ない一撃が、僕の腹を直撃した。

……盛り上がってるところ、なんかすみません。

さすがに、生身で三回も回避するのは無理でした。

僕は潰れたカエルみたいな声を上げて吹っ飛び、腹を抱えて蹲《うずくま》る。

その光景に、天道さんは眼帯を押さえて含み笑う。

「強い、かもしれない！　だがしかし、あくまで『意外と』の範囲内であることをお忘れなきよう！　そういう運命の下にあるのだからッ！」

「………つまり？」

「まぁ、黒月氏にはさすがに勝てないよね、って話です」

結局のところ、そんな結論に落ち着いたらしい。

朝比奈嬢が物凄《ものすご》い速度で駆け寄ってきて、みんなからは『まぁ、雨森《あまもり》だしね……』って雰囲気が溢《あふ》れ出す。……そりゃそうだ、霧道にさえ勝てなかったんだから、そもそも黒月に勝てるわけないじゃん。そんな力があったなら霧道とのバトルで発揮してるっての。

「だ、大丈夫かしら、雨森くん！　ほ、保健室へ……」

「大丈夫……だ、朝名波《あさなわ》。見た目ほど、威力はなかったみたいでな」

「そ、それは良かったけれど、私の名前は朝比奈よ、雨森くん」

そう寂しげに言う彼女の手を借りず、一人で立ち上がる。

正面を見れば、黒月奏は僕の姿を見つめていた。

――信じられない。そう言わんばかりに目を見開いて、僕を見ていた。

「やっと、僕を見たな」

「……？」

僕の言葉に、朝比奈嬢は理解が及ばないのか首を傾げた。

しかし、対する黒月には効果抜群だ。

「お、お前、は……ッ」

「ありがとう、黒月君。わざわざ『手加減』してくれて」

「……ッ」

ここに来て初めて、黒月の表情が歪む。

彼の表情を一瞥《いちべつ》してから、榊《さかき》先生へ向かって両手を上げる。

その姿を見た彼女はニヤリと笑い、訓練終了を告げるのだった。

☆☆☆

「ありえない」

黒月奏は、誰の手も借りず歩き去っていく雨森悠人《ゆうと》を見て、呟《つぶや》いた。

既に授業は終わり、クラスメイト達は校舎へと戻っていく。

その中で彼は足を止め、先ほどの『模擬戦』について思い出す。

訓練相手に榊先生が選んだのは、雨森というクラスメイト。

誰が見ても平凡、凡庸、普通の男。才能なんて感じない。

霧道に目をつけられ、標的にされた哀れな男子生徒。

そういう風にしか、見てなかった。……ついさっき、あの瞬間までは。

「僕の攻撃を……躱してた」

一度目は偶然かと思ったが、探るように放った二発目。彼の動きを注視していたから見えた。その目の動きが、確実にこちらの魔法を追っていたのを。

雨森悠人には、こちらの攻撃が見えていた。

その上で、あんな演技をする余裕まであった。

つまり、黒月《くろつき》奏を完全に見切った上で、遊んでいたのだ。

そう気づいた瞬間、戦慄が走った。

自分の力に無自覚な訳では無い。

強いと、理解している。状況次第では朝比奈霞《かすみ》をも倒せると確信している。

下手をすれば、学年でも最強の能力。

それこそが、【魔王の加護】。彼に与えられた新たな才能。

疎ましくて仕方がない、忌むべき力。その、はずだったのに……。

「どうして」

彼の力は、弱かったと記憶している。

興味がなかったから、詳しい能力までは覚えていない。
ただ、驚く程に弱い能力。そうとだけ覚えている。
にも関わらず、こちらの攻撃を二度も躱《かわ》した。
そして、二度も躱され、驚き、『手加減』のブレた三発目。
――威力も速度も『本気』で撃ってしまった、最後の一撃。
常人ならば、死んでいてもおかしくない。
それほどの威力だったと、放った本人が一番よく理解していた。
それを、どうして、何故、どうやって。
――……何故、あの男は平然と立ち上がることが出来たんだ。
えも言われぬ『気味の悪さ』を感じ、片腕を掴《つか》む。
それは、雨森へとブラックボールを放った右腕だ。
下手をすれば殺人者となっていてもおかしくなかった。
放った瞬間に、やばいと思った。
……でも今は、それ以上の感情を覚えている。
自分は天才だ。自他ともに認める怪物だ。
けれど、そんな怪物をして……恐ろしいと思った。
寒気が止まらない、鳥肌が治まらない。

恐怖さえ感じられるほどの、底の見えなさ。

「雨森、悠人。……彼は一体、なんなんだ……？」

黒月奏は、今日、初めて認識した。

雨森悠人という人間を、一つの『個』として。

――しっかりと。

☆☆☆

体育の授業があった、その翌日。

「あら、おはよう雨森くん！　クラスメイトの朝比奈よ！」

「あぁ、おはよう浅川《あさがわ》さん」

いつもの如《ごと》く朝比奈嬢に挨拶をし、横を素通りし席につく。

ショックを受けた様子の朝比奈嬢と、当然のように彼女のもとへ走っていった倉敷。

二人はなにやら話し込んでおり、「ま、また違う名前……。雨森くんのボギャブラリーに底は無いのかな」「……いえ、でも、挨拶を返してくれるだけで今は満足よ、蛍さん」とかいった会話が聞こえてくる。

ふむ。毎度テキトーにその場で思いついた名前を返してるわけだが……そうなると僕のボキャブラリーがいつか尽きそうで怖いな。『あ』から始まるそれっぽい名字でも調べておくか。

「おっ、おはよ、雨森！」

「あぁ、おはよう烏丸《からすま》。今日もイケメンだな」

「そういうお前は今日も無表情だなー。そして、毎度ながら朝比奈さんの名前を間違えてるぜ？　どういう耳をしてるんだ？」

「……あさ？　誰だそれは」

こういう耳をしております。

そう言わんばかりに問い返すと、烏丸は楽しそうに笑っていた。

まぁ、僕がわざと間違えてることはもう分かってるんだろう。その上で、それを会話の一部に盛り込み、さらにちょっとした笑いを取ろうと考えているのだからリア充は怖い。

「ま、程々にしとけよー。朝比奈さんだって女子なんだから」

「なに、僕は男女平等主義者なだけだ」

なんせ、霧道《きりどう》を完全なる悪者に仕立て上げるため、倉敷に『自分で自分をぶん殴れ』と命令したくらいだからな。男だろうと女だろうと、対する時は平等だ。

僕が窓の外へと視線を向けると、烏丸は苦笑を浮かべて前の方に視線を戻した。

チラリと時計を見ると、まだまだホームルームまでは時間がある。

さて、変に朝比奈嬢から絡まれても困るし……寝たフリでもしておくか。

そう考え、睡眠してるスタイルで机に突っ伏した。

――次の、瞬間だった。


「やァやァ！　元気かよォ、C組のクズ諸君！」


聞き覚えのない声と共に足音が響く。

驚いて顔を上げる……なんてこともなく、別に興味もなかったため居眠りを続行していると、クラス内が先程とは別の意味合いでざわざわし始める。

「……なんだ、あの野郎」

「……さ、さぁ？　お、同じ一年生……だよね？」

クラスメイト達《たち》が嫌な予感にざわつく中、足音は教壇の前まで進んでいた。

足音の主は教壇に立つと、嘲笑と共に声を上げる。

「はじめまして……っても、お前らの過半に興味ねーから覚えなくてもいいんだけどよ。俺の名前は熱原《ねつはら》。一年A組の委員長……とでも言っておこうか」

委員長、こんなに口悪くていいんだ。

そんなことを突っ伏したまま考えるが、よく考えたらうちの委員長も口が悪かった。

なるほど、委員長ってのは口が悪い奴《やつ》がなれるのか。

そんなことを考えていると、ぺしりと頭を叩《たた》かれ、嫌々ながら上体を起こす。

見れば……やはり倉敷《くらしき》か。彼女は起き上がった僕にちらりと視線を向けると、そのまま熱原とやらの前へと歩き出す。

「えっと……熱原くん、だっけ？　いきなりどうしたのかな……？」

「あぁ？　すっこんでろよ雑魚顔」

ぴきっ、と倉敷の顔が固まった気がした。

あぁ……こりゃ内心大激怒だなぁ。やめてよね、あとでとばっちりが僕に来るんだから。

そんなことを考える僕を前に、熱原とやらは教壇に両手をついた。

その顔には不敵な笑みが浮かんでいる。

そしてその瞳には確信に近い何かがあった。

「単刀直入に聞くぜ。霧道ってのを退学させた野郎はどいつだ？」

彼の言葉に、クラス内が沈黙した。

沈黙……というより、理解が及ばず静寂に包まれた。

クラスの過半が呆然《ぼうぜん》とする中、熱原は続けて声を上げる。

「入学から、最初に退学者を出すクラス……ってのは、今の二年、三年も注目されてきた
そうだ。でもって、そういうクラスには一人か……二人か、あるいはそれ以上か。決まっ

て『面白い奴』が居るらしい」

それは僕も知っていた。というか、最近になって協力者から聞かされた。

一年生の、それも最初期に退学者を出したクラスには、決まって傑物が存在する。

ただし、必ずしもその傑物＝善人ではないというがな。

三年生は、現生徒会長。

二年生は、現風紀委員長と、現生徒会副会長。

彼らは入学初日における『八時就寝』の校則に引っかかることなく、むしろ、その校則を利用してクラスメイトを試した。で、後の流れとしては不穏分子に何かしらの対応をして……いや、結果は退学なので過程にあまり意味はないか。

きっと、熱原はその事をどこかで調べたのだろう。

僕は興味無げに頬杖《ほおづえ》をつくと、倉敷の様子を眺める。

朝比奈《あさひな》嬢は……まだ動かないか。なら、ここで動くのは委員長の役目だろう。

「霧道……くんを？　そんなの居るわけが……」

「おい雑魚、すっこんでろって言わなかったか？　てめーの耳には耳糞《みみくそ》でも詰まり果ててんのか？……あぁ、それとも。てめーか？　霧道を裏からぶっ潰したのはよォ」

最後の疑念は大正解だが、もちろん知らぬ振り。

倉敷は……と見てみると、彼女はショックを受けたように口を押さえて頽《くずお》れ、それを見た倉敷ファンのクラスメイト達が立ち上がる。

「てんめぇ！　倉敷ちゃんに何しやがる！」

「誰だか知らないけど、いきなり何言い出すのよ！」

「おぉおぉ、よく吠《ほ》える。負け犬風情なら当然かァ」

怒り狂うクラスメイト達と、煽《あお》りで返す熱原。……にしても負け犬、かぁ。

比較的優秀な奴がA組に、成績の悪い奴がC組に配属されてる、っていうあの噂《うわさ》かな。

今回に関していえば、あの朝比奈嬢に、倉敷蛍《ほたる》、そして黒月奏《かなで》と、三人も加護異能保持者が在籍してる訳だし、そういうカテゴリーには当てはまらないと思うけど。

「でェ、誰だよ？　俺ァ楽しみにしてるんだぜ？　入学してから最初に、目立つと分かっていて、それでも情け容赦なくクラスメイトを退学に陥れたひとでなしィ！　俺と同じ匂いがするからなァ！」

やめてもらえませんかね。野郎と同じ匂いとか気持ち悪い。

そんな嫌悪感を示しつつ、僕は彼の言葉に目を細めた。

言動も雰囲気もオラオラ感も、どことなく退学した霧道に似ている気もするが……あの馬鹿よりはずっと頭が回るようだ。

熱原の放つ確信に、クラスメイトのうち数名が不安そうな表情を浮かべる。その顔に映るのは疑念。そして真っ先に疑われるとすれば、霧道走《はしる》に虐《いじ》められていた男だろう。

加えてそいつは、クラスメイトと関わりがない。

たとえ疑ったとしても罪悪感が少ないからな。

何人かの視線が僕の方へと自然と集まり出し、熱原の視線が僕を捉える。

「……あァ？　もしかして、あの雑魚顔野郎が――」

熱原が、僕に向かって一歩踏み出す。

対して、僕は微動だにせず頬杖をつき続けた。

だって、反応も反論も、する必要性がなかったから。

僕がせずとも……正義の味方は、そんな根拠の無い疑惑は許さない。

視線の先で、彼女はその場に立ち上がる。

スラリと伸びた背筋に、艶やかな黒髪。

このクラスにおける、誰もが認める最強の傑物。

彼女は熱原の前に立ち塞がり、凛《りん》と声を響かせる。

「悪いけれど……これ以上は認められないわ、熱原君」

「……へぇ。これは、中々……だが。てめーじゃあ、なさそうだな」

朝比奈の前に、さしもの熱原も足を止める。

が、すぐに『朝比奈は非情にならない』と直感したんだろう。彼は興味をなくしたように歩き出す。そんな彼の前へと、朝比奈嬢は身を割り込ませた。

「……何だてめー？　邪魔すんのか」

「ええ、邪魔をさせてもらうわ。何を言いたいのか聞いていたけれど……大方、退学者を出した事実を切っ掛けに、このクラスの自壊を狙っているのでしょう」

多分、朝比奈嬢の考えは外れてる。

ただ、外れていたとしても……熱原の言葉が正しいにしても、疑念が溢《あふ》れたこのクラスで彼女さえも疑いを見せれば、クラス中の疑念は一斉に僕へと向かう。

そして待っているのは、弱者の居ない世界。

つまりは、僕の退学だ。

「――雨森《あまもり》くん。安心……させられるような事は、今まで出来ていないけれど。あえて言うわ。安心して頂戴。貴方《あなた》はただの被害者……。そんな、根拠もなく濡《ぬ》れ衣《ぎぬ》を着せられるような事、絶対に私が許さない」

朝比奈嬢が鋭い視線で僕を射貫《いぬ》く。

いつも通り『誰だお前』と返してもいいんだが……ここは少しだけ背中を押そう。

「そう……だな。今……なんで自分が疑われてるのか、驚いて……固まってたんだが。僕は……皆の目には、そんな事出来る人間に見えたのだろうか」

「見えねぇな。おいてめーら、いくらなんでも雨森を疑うのはやりすぎだ。空気に流されんのも大概にしろよ」

僕の声に、カーストの頂点に君臨する男子生徒が続けた。

短髪の、鋭い目付きをしたその少年。名前は——佐久間純也《さくまじゅんや》。

あのリア充……烏丸さえも押し退《の》けて、霧道のいた位置を完全に奪い去った男。黙って俺の後についてこい、とでも言いたげな男気の塊。野球部所属。

それが彼……佐久間というクラスメイトであった。

彼は入学してから一週間と少し、高熱で学校を休んでいた訳だが……おそらく、佐久間が入学初日から居ればあそこまで霧道が幅を利かせることもなかったろう。

彼の一言で、クラス中の僕に対する疑念が薄れた。それを前に熱原は苛立《いらだ》たしげに舌打ちを漏らすと、なおもこちらへ歩いてくる……かと、思いきや。

「……やめだ、萎えちまったぜ。犯人探しなんて慣れねぇことするんじゃなかったなァ」

そう言って彼は頭をかくと、大人しく出入口の方へと歩き出す。

……その際、ちらりと熱原と目が合った。

その瞳に映っていたのは失望……だったろうか。『さすがにお前じゃないよな』という根拠の無い仮定。僕は彼から視線を逸《そ》らす。

すると、完全に僕から興味を失ったらしい奴は大きく息を吸うと、クラス中へと聞こえるようにこう言った。

「俺ァ、どっちかっつーと、犯人探しなんかよりも、クラスまとめてブッ潰す方が性に合ってるからなぁ」

何人かが、彼の目を見て肩を跳ねさせた。

なにせ、その瞳に宿っていたのは、とびっきりの狂気だったから。

根拠なく、理由なく、それでも確かな自信があった。

失敗なんてするはずがない、自分が負けるはずもない。

そんな、何の後ろ盾もない盲目の自信。すなわち狂気。

それが不気味で。

クラスの面々は恐れを抱いた。

「と、いうわけでー。お前ら、もしも犯人が分かったら俺んとこまで知らせに来いよ？　そーしたらクラス……最低でもそいつだけは助けてやるさ！　ははははははははは！」

かくして、男は去っていく。

僕はその背中を、ただ無言で見つめていた。……のだが。

☆☆☆

「んだよ、あのクソッタレがぁぁぁあああああ!!」

やはりというか、なんというか。倉敷蛍は荒れていた。

触らぬ神に祟《たた》りなし。僕は無視して読書に耽《ふけ》っていると、あら不思議。触ってもいないのに、何故《なぜ》か神がこっちにやってきた。

「おいコラ！　てめー……あんだけ言われてなんとも思わねぇのかよ！」

「少し落ち着け……。不満なら必ず【機会】は作るから」

場所は僕の借りた教室。協力者の異能により、この部屋は盗聴やらの対策は完璧だ。だからこそ、こうしてなんの憂いもなく本音を話せる。

「しかし、すぐに暴力に頼ろうとするタイプは総じて面倒臭い。突き抜けた暴力は結局暴力でしか制せないからな」

例を挙げるなら霧道《きりどう》か。まあ、彼の暴力は突き抜けていない分、制する方法はいくらでもある。だが、おそらく熱原《ねつはら》は違うだろう。何故だかそんな確信がある。

ほんの短時間、教室内から観察した結果だが、彼は強い。

純粋な戦力として朝比奈と同等……とまでは言い過ぎかもしれないが、少なくともあれは、僕らを倒せるという確信がある奴の目だ。

さて、動き始めた熱原に対し、僕はどこまで手を出すべきか……。

と、そんなことを考えていると、倉敷が何とも言えない顔で僕を見ていた。

「……出来ない、とは言わねぇんだな」

「……？」

倉敷《くらしき》の言葉が理解出来ずに首を傾《かし》げる。

食器を洗う。その行為は面倒臭くとも、簡単だ。

今回の熱原を制するのも、前の霧道を潰したのも、感覚としては似たようなもの。

面倒臭くはあれど、どうにもならない程じゃない。

「もとより、倒せるかどうかなんて考えてはいない」

どんな手を取られても、僕なら対応出来るし、普通に勝つだろう。

少なくとも、僕が熱原なら雨森悠人《ゆうと》には絶対勝てない。僕がそう思うのなら、熱原は僕には勝てないよ。だから、考えているのはその先だ。

「問題は、どう先に繋《つな》げるか。C組の成長を促すべきだとは思うのだが――」

「ひゅー、気持ち悪ぃほど上から目線」

言葉とは裏腹に、彼女はとても笑顔だった。

「……ちなみに、熱原を最も簡単に潰す方法は？」

「残念ながら、その手段は取らないぞ。僕は極力動きたくない」

「てめーが動けば瞬殺、ってわけかよ……」

呆《あき》れたと言わんばかりの倉敷。

彼女は大きく息を吐いて椅子に座り直すと、腕を組んで僕を見上げた。

「で、どーすんだよ。あーゆー奴《やつ》はとっとと潰しちまうに限るぜ？」

「まぁ……お前の言うことも一理ある。向こうの動きによっては、C組も壊滅的な被害を被るかもしれないからな。けれど……」

僕は、倉敷へ視線を返す。

彼女が不思議そうに首を傾げる中、僕は語る。

「やはりこの件は朝比奈《あさひな》に一任する。……霧道は度が過ぎるから潰したが、何から何まで僕らが動けば、朝比奈が今後積み重ねる実績が薄くなる」

「あー……、そういう考え方もあんのか」

言ってみれば、積極的か他力本願的か。

倉敷はきっと、『面倒な奴はさっさと【自分で】潰す』タイプ。

対する僕は『面倒事を解決【させる】ことで、その成長を利用する』ってタイプ。

最終的に潰すということに変わりはない。

ただ、僕はその先をどこに繋げるかを考えているだけ。

「確かに……言われてみりゃ、せっかく潰すんだし、なんかの役に立ってもらわなきゃ困るよな。無償退場ってのはもったいねぇ」

そうだな。今思えば、霧道にも本当に悪いことをした。

彼にもきっと、もっと……なにか。いい散り際があったのかもしれない。

磨《す》り潰れるほど利用しつくして、搾りかすになってから捨てるべきだった。

今回は先の失敗を活《い》かして、熱原の悪意を利用し尽くす。

せっかく潰れるなら、朝比奈霞《かすみ》に潰させる。そしてそれを実績にして朝比奈の知名度を上げていく、というのが第一希望。……しかし、その朝比奈嬢にも問題はある。

正直、今の彼女は弱すぎる。とにかく速いだけで脅威がない。

武力的にも……それ以外の知略面でも。

なにより朝比奈霞は、精神的に脆《もろ》く見える。

もっと成長してもらわないと、彼女はこの先の『戦い』には耐えられない。

……まあ、それは朝比奈一人に限った話ではないのだがな。

「ま、そういうことだ。分かったら、朝比奈嬢をけしかける作戦でも考えておくんだな。表の先導進行はお前の役だ」

「ったく、面倒臭ぇ役回りをくれたもんだぜ」

そう言いながらも、彼女の目は爛々《らんらん》と輝いていた。

きっと、熱原に対する嫌がらせでも考えているんだろう。

彼女の姿を一瞥《いちべつ》し、僕は読んでいる途中だった文庫本へと視線を戻す。

さて、熱原は朝比奈嬢と倉敷に任せるとして。

それで全てうまく運ぶなら、僕も憂いなくもう一つの案件に取り掛かれる。

だが、熱原という男が、朝比奈と倉敷の想定外を行く男だとしたら。

「……ああ、面倒臭いんだよ」

僕は呟《つぶや》いて、軽く頭をかいた。

☆☆☆

そこから土日を挟み、週が明けた月曜日。

その日は、闘争要請《コンフリクト》の解禁日となっていた。

多くの生徒は、あまり多用する機会のないであろう闘争要請《コンフリクト》。

僕もまた、きっと使う機会はほとんどないと見ている。

だからこそ、さして重要視はしていなかった。

今、この瞬間までは。

「『闘争要請《コンフリクト》』」

ホームルームが始まる前。

遅刻を恐れた全員がクラスに集まっていた、始業十五分前。

先週と変わらぬ様子で現れた『熱原』は、当然のようにそう告げた。

「……えっと」

「聞こえなかったのか耳糞《みみくそ》詰まり果て野郎共。喧嘩《けんか》を売ってんだよ」

うひょー、まーたコイツ、倉敷さんにあんな態度取ってるぜ。

控えめに『……えっと』なんて返した倉敷は固まってる。

内心でどれだけの怒りが燃え盛っているのか……想像しただけで頭が痛くなるな。

「……一年A組、熱原永志《ながし》。……また来やがったのかよ。暇なヤツだな」

「あ？……あぁー。そういや居たな、C組のお山の大将気取ってるモブ野郎が。霧道とかいう瞬殺雑魚の後釜になってる時点で程度が知れてんだよ。黙ってろよ」

「…………あぁ？」

皮肉を言った我らが大将、佐久間。

彼に対し、悪意１００％で答えた熱原も熱原だが、その返事にカッチン来てる佐久間もヤバそうな気がする。一触即発ってこういう状態を言うんだな。

「ちょ、佐久間ー！　落ち着けって！　相手の思うままになってんぞ」

「烏丸《からすま》……チッ、んなこと分かってんだよ」

いや、絶対分かってなかっただろお前、とは言えなかった。

烏丸のナイスプレーで、何とか佐久間火山の噴火は免れた。

内心で冷や汗を拭いつつ前方へと視線を向けると、同じように熱原へと視線を向けた烏丸が笑いかけた。

「んで？　どーいうつもりなんだ？　俺としちゃー、出直してきてくれたら非常に助かるんだけどな。だって、もーすぐホームルーム始まるぜ？」

「はっ、んなもんカンケーねぇよ。俺ァなぁ、入学初日にA組締めて、全員の金銭巻き上げてんだよ。10万だろうが100万だろうが、俺の行動を縛るには足りてねぇな」

「あ、貴方《あなた》……ッ！」

熱原の言葉に、朝比奈嬢が声を上げた。

この男……クラスメイトから所持金を奪っていたのか。仮に『一人につき20万』奪っていたとしても……所持金は脅威の『580万』になる。支給された初期費用の十倍以上だ。加えて自分の所持金まで加えると……600万を超えてきてもおかしくはない。

なんて羨まし……じゃなかった、なんて邪悪！　許せんなこの男！

みんなも僕と考えることは一緒だったのか、怒りの咆哮《ほうこう》をあげている。

「クラスメイトから……っ、何を考えているの！　そんなことをすれば、多くの生徒達《たち》の生活が……」

「知ったこっちゃねぇんだよ」

朝比奈の正論も、熱原には届かない。

「つーか。言い方が悪かったかもしれねぇけどよぉ。俺ぁこの金、クラスメイト達から『貰《もら》った』んだよ。なーに、優しくお願いすりゃあ貰えたさ。なんせ……いや、止《や》めとこうか。なーんか最初の話から論点がズレてきてんだよ」

うん、それは僕も思っていた。

彼がA組からどれだけの金額を奪おうと。

そのクラスにおいて、彼のクラスメイトがどれだけ苦しもうと。

そんなことは……正直言ってどうだっていいことだ。今優先すべきは、熱原がこの場で口にした『その言葉』について。そっちの方がずっと重要だろう。

「『闘争要請《コンフリクト》』……ったか？　クソ頭」

不機嫌さを隠そうともしない佐久間《さくま》に、熱原は余裕で返す。

「罵倒が意味を成してないぜ、アホ面。……っとと、そうだな。頭の悪ぃ猿ども相手に挑発なんざするから話が進まねぇんだ。最初の問いに答えるとしたら『その通りだ』」

彼の言葉に、クラスの中へと緊張が走った。

闘争要請《コンフリクト》、この学園において校則よりも強い影響力を持つ言葉。

その『戦い』においては両者の了承が必要。

相手が勝手に申し込んで来たからやばい、という話にはならない。

ここに来たということは……それを受けさせるだけの『何か』があるということ。

「……なら、話は終わりね。私達は貴方の要請に応じない。貴方のような礼儀の無い人に、私達から返す礼儀は何も無いわ」

「つれねぇこと言うんじゃねぇよ。朝比奈霞、とか言ったか？　このクラスの中じゃ、霧《きり》道《どう》とかいうのを退学にした奴を除けば、てめーを一番買ってやってるんだからな。嫁にしてぇくれぇだよ」

なんか、霧道みたいなこと言い出したな。

きっと全員が思った。

朝比奈は頭に手を当て、ため息を漏らす。

「またそんなふざけた事を……。まぁいいわ。お帰り頂けるかしら。貴方と話す事はもう無さそうなの」

朝比奈霞は断言する。されど、すげなく断られたはずの熱原《ねつはら》は笑顔のまま。

まるで『断られた方がむしろ望ましい』とばかりの笑顔で言葉を重ねる。

「親切心で言ってやろう、後悔するぜ？」

「どうもありがとう。後悔しないよう努めるわ」

朝比奈嬢は、そう言うや否や瞼《まぶた》を閉ざし、興味も閉ざす。

その姿を見た熱原は困ったように頭をかいて、その光景にクラスメイト達から失笑が漏れる。……だが、僕は彼の言った言葉を反芻《はんすう》していた。

確かに、これで終わるなら失笑ものだ。

あれだけ自信満々に出てきておいて、相手にもされず撤退する。熱原への評価を下げるのは確実だ。けれど……熱原が嘘《うそ》を言っているようにも見えなかった。

彼は、本気で後悔すると言っていた。

そしてその目には、狂気にも似た光が宿っている。

「仕方ねぇか。なら、せいぜい首洗って待っとけや」

そう言って、熱原は一年C組を後にした。


——事件が起こったのは、その翌日だった。

☆☆☆

翌日のホームルーム。

クラスの一席が、空席となっていた。

「間鍋《まなべ》のヤツが、昨日、何者かに襲われた」

榊《さかき》から告げられた言葉の『真意』を理解し、内心でため息を漏らした。

他の生徒達は驚いたような、困惑したような表情を浮かべていたが、さすがに馬鹿でも理解が出来る。——熱原のせいだ、と。

「……は、はぁ!? さ、榊先生！ それって……というか、間鍋は無事なんですか!?」

「落ち着け烏丸。昨晩、コンビニへと出た所を襲撃されたらしくてな。幸いあまり重い怪《け》我《が》ではないが……軽くもない。私達教員が『学校を休ませる』と判断するほど、と考えてくれ」

つまり、僕が霧道に殴られた時より酷《ひど》い、ってことだろう。

間鍋くんと言えば、自己紹介の時に『僕は既婚者だ。あぁ、三次元には興味がないと先に言っておく。二次元に嫁がいるのだ』と、とんでもねぇ爆弾発言をぶっぱなしたことで有名な、自他ともに認めるオタク男子生徒だ。

「間鍋くん……」

僕の『普通に友達になりたいランキング』では上位に入賞していたってのに。黒月《くろつき》の件がなければすぐにだって友達になりたいと思っていたのに……なんてこったい！　許さんぞ熱原！　お前はぶっ潰す！　朝比奈《あさひな》嬢がな！

「……して。襲ったのは……熱原君で間違いありませんか？」

いつになく鋭い朝比奈嬢の声に、榊は呻《うめ》く。

「……まぁ、だろうとは思っている。しかし、防犯カメラもなく、襲ったという『確実な証拠』が何も無い。唯一、間鍋本人から『熱原に襲われた』との証言はあるが……」

「チッ、あの野郎だ。どーせ『自分がやったって証拠がねぇ。むしろ、C組が自分を陥れようとしている』だのなんだの言ってんだろうよ」

佐久間の言葉に、榊は大きく頷《うなず》いた。

「その通りだ。確信はあるにしても……あまりに証拠が無さすぎる。防犯カメラの位置を把握し、計画的に行われたものだと見て間違いない」

「……ってことは」

嫌な予感に、倉敷《くらしき》が声を漏らす。

その反応に、教室の外から予想外の声が返ってきた。

「──証拠もねぇのに、罰せられるわけねェよなぁ？」

響いた声に、僕らの視線が一斉に出入口へと向かった。

そこには薄ら笑いを浮かべた熱原が立っている。

ホームルーム中だ……というのは、注意にもならないんだろうな。

だってこいつは、校則すら破ってここに居るのだろうから。

「俺からの贈り物、楽しんで頂けたかな？」

「て、てめー……！」

熱原の言葉に佐久間が激昂《げきこう》する。

しかしそれを、榊は片手で制してみせた。

「さ、榊……先生。だけど──」

「分かっている。……熱原と言ったな。どういう意味だ」

榊の表情は、珍しく怒りに染まっていた。楽観主義、享楽主義の彼女とて、自分のクラスに手を出されるのは心外極まりないということか。

「えぇー？　朝、佐久間クゥンに、プレゼント渡したと思ったんですけどぉー、俺の勘違いだったかなぁ？　ケハハハッ！」

「真面目に答えろ、退学にするぞ」

「んなことしたら、A組の担任を敵に回しますよォ？」

榊の脅しにも、熱原は引く様子すら見せない。

榊なら、熱原を問答無用で退学に出来る。

だが、そうした場合、理由もなく自分の生徒を退学に追いやられたA組担任教師が面白くない。下手をすれば似たような理由からC組の生徒を退学へ追い込むだろう。そうなりゃ永遠続く復讐《ふくしゅう》合戦の完成だ。……最悪のシナリオだな。

眉根を寄せる榊先生と、悔しさを噛《か》み締めるクラスメイト。

それらを前に、熱原は余裕たっぷりの態度を崩さない。

「でェ、昨日言ってた件、考えてくれましたァ？」

「……『闘争要請《コンフリクト》』の件だったかしら、熱原くん」

朝比奈嬢の声は、誰が聞いても怒っていた。

怒りをたぎらせ、悔しさを噛み締め、眼前の相手を敵と認識した。

後ろ姿から、彼女の心情が容易に想像出来る。それほどまでの怒気。

「受けない、と言ったら？」

「はっ、そりゃ重畳。明日、また出直すことにしようか。その間、暇つぶしに『ゲーム』でもって遊んじまうかもしれねぇがな？」

「……ッ」

ゲームが何を意味するか、そんなことは分かってる。

つまるところ、僕ら『C組の生徒を闇討ちする』って遊びだ。

……きっと、この男なら本気でやるだろう。現に間鍋くんがやられている訳だし、男女問わず、暴力が止まることはないと思う。

仮に、一日二日、警備を完全にして襲撃を防いだとしても、この先三年間、延々と続けていく訳にはいかない。いつか、彼からの襲撃を受ける日が必ず来る。

……それを防ぐには、彼の提案を受ける他ない。

しかも、たった一日で『僕らの立場』は逆転していた。

「しかし？　俺としちゃあ、別に受けてもらわなくたって、良くなってきたんだよなぁ？」

彼の声は、挑発の色に染まっている。

「最近、そのゲームにハマっちまってよォ。気を抜いて歩いてる猿を後ろから襲撃するっつーゲームなんだが、これがまた楽しくて楽しくて……止められるわけ、ねぇよなぁ？」

「……つまり、こちらが不利な条件で、闘争要請《コンフリクト》を申し込まなければならない……ということかしら」

朝比奈嬢の言葉に熱原は笑い、僕は感心した。

なるほどなるほど……良い考えだ。

証拠が摑《つか》めない以上、僕達《たち》は熱原へ『Ａ組がＣ組に手を出さないこと』を条件に闘争要請《コンフリクト》を申し込まなければならない。

つまり、Ｃ組が下手に出なければならないということ。

ならば、Ａ組はその条件に対する『リターン』を、法外なものにだって出来るはず。

熱原は大きく笑うと、己《おの》が願いを口にする。

「受けてやってもいいぜ？　ただし、負けたらお前らは全員退学な」

法外なリターン。

闘争要請《コンフリクト》を受ける、Ａ組が出した条件。

それは、最低最悪なモノだった。

第四章　孤高の天才　黒月奏

その後の展開としては、まあ、語るべくもない流れだった。

圧倒的に優勢に立った熱原と、窮地に立たされたC組。

闘争要請《コンフリクト》を受けなければ――否、A組に対して申し入れなければ、熱原による襲撃は続いていく。襲撃への対策も……恒久的に続けられるものがどれだけあるか。

手っ取り早く襲撃を止めるには、闘争要請《コンフリクト》を受けてしまうのが一番。

だが、相手はあの熱原、360度どこから見ても悪意の塊だ。

闘争要請《コンフリクト》を受ける、という選択肢も取り難い。

どちらも進退窮まった現状で、朝比奈もその場で結論を出すことは出来ない。

クラスの意見は真っ二つに割れ――結果として、話し合いにもならなかった。

『まぁ、今日の放課後がリミットだなぁ』

とは熱原の言。彼はそう言い残し、僕らのクラスを後にした。

残ったのは、重苦しいまでの空気と、怒りの感情だけ。

その中で、朝比奈霞《かすみ》は謝罪した。

「……ごめんなさい。私の考えが、及ばなかった」

「そ、そんなことはないよっ！」

彼女の言葉に、咄嗟《とっさ》に倉敷が反応した。

「あんなの……分かるわけないよ。おかしいもん。私達が気に入らないからって……間鍋くんを襲うだなんて！　おかしいのは熱原《ねつはら》くんだよ、霞ちゃんは悪くないもん！」

プンスカ怒る倉敷委員長。彼女の言葉にクラスメイト達が首肯する。

朝比奈嬢は不安げに……何故《なぜ》だろう、僕の方を見てきたため、何となく視線を逸《そ》らした。

僕は関係ないから見ないでください。

「だが……これじゃあ受けるしかねぇじゃねぇか、クソッタレ」

「あるいは、襲っている現場をとらえ、『証拠』として挙げる、というのもある」

佐久間《さくま》の言葉に、榊先生が口を挟んだ。

彼女にしてはかなーり協力的な方だろう。余程熱原が気に入らないと見た。

彼女は不機嫌そうに腕を組むと、人差し指で腕を叩《たた》いている。

「熱原が現在、ああして『優位』に立てているのは、ひとえに『暴力沙汰に証拠が無いから』だ。本来、あの男がやっていることは校則違反も甚だしい。証拠さえあれば、この私が手ずから退学処分を叩きつけてやる」

「だけどー、それって危なくなーい？」

榊先生の頼もしい言葉に、倉敷のお友達、ギャルの子が声を上げる。

「証拠をとるってことは、また誰かが襲われないといけない、ってことでしょ？　アイツ、女子でも平気で手を上げそうだから怖いんだけど……。ねぇ朝比奈さん」

「そうね。……榊《さかき》先生、せっかくの申し出ですが、誰かを囮《おとり》に使うような真似《まね》はしたくありません。その案は、どうしようもなくなった時まで使わないことにします」

朝比奈嬢の言葉を受けて、倉敷がちらりとこっちを見た。

『お前なら、その囮ってのも、無傷で出来るんじゃないのか？』

そんな感情が透けて見えて、僕は無視を決め込むことにした。

無理だっつーの。明らかに霧道《きりどう》より格上じゃん、勝てるわけねーっつの。

霧道にすら勝てなかったんだから、通常の戦闘で僕が勝てるわけないでしょ。

窓の外へと視線を向けると、倉敷から諦めが伝わってきた。

『手ぇ出す気はねぇ、ってわけかよ』

彼女の気配からそんな声が聞こえてくるようで、僕は内心首肯する。

そうさ、僕は今回も表には立たない。手を出すつもりも毛頭ない。

表に立つメリットが出てきたり、僕に直接の実害が及ばない限りは、まずないな。

「……私が、熱原くんを倒すわ」

少女が、声を上げる。

前を見れば、朝比奈霞は覚悟を瞳に映していた。

「純粋な戦いにおいて、私の異能に勝る能力はないわ。……そうでしょう、榊先生」

「……まあ、一部の例外を除けばな」

一瞬、ほんのわずかな間、榊先生の視線がこちらへ向かったのが分かった。

えっ、いきなりなんすか。なんで今の流れで僕の方を見るんですかね。

まあ、事情を知らない人間からは、まず分からないほどの一瞬だったけどさ。

「少なくとも、並みの生徒相手では、まず間違いなく貴様に軍配が上がるだろう。お前の異能は、加護の中でも頭一つ飛び抜けているからな」

「……であれば、私の答えは既に伝えたとおりです」

そして、朝比奈《あさひな》霞は再度決意を口にする。

「――私が、熱原くんに勝利する。それこそが、私の考える最善よ」

それは僕が想定する中でも最も簡単で――されど最も実現が難しく。

言ってみれば、最低な解決手段だった。

☆☆☆

純粋な力押し。加護の異能による力技。

「嫌な流れになってきたな」

放課後、朝比奈と熱原は話し合いをすることになった。

内容は……まぁ、明日の朝にでも分かるんだろうな。

クラスの中心人物、倉敷《くらしき》や佐久間、烏丸《からすま》あたりは朝比奈嬢に同行したらしいが、僕は行かなかった。だって興味もさほど無いから。

僕は自分のクラスで椅子に座って、窓の外を見つめていた。

「……やはり、ここに居たか、雨森《あまもり》」

ふと、出入口の方から声がした。

振り返ると……珍しいな、榊先生が立っている。

「……どうしたんですか？　榊先生」

「なに、熱原の件……お前の計画について知りたくてな」

僕の計画……？

いやいや、何もしない、で決定してるよ。

考えるまでもなく、それ以外の選択肢がありませんよ。

そう言おうとしたけれど、彼女は鋭い瞳で僕を見据えた。

「……私の前で、無能を装うのは無理と心得ろ」

無能を装う……ねぇ。

冷たい空気が漂い始める中、彼女は口を開いた。

「貴様の【能力】を知っている。貴様の【境遇】を知っている。貴様の【実家】も知っている。貴様のことは調べ尽くしてある。……なにせ、この学園始まって以来のビッグネームだからな。なぁ、アマモリ・ユウト」

「……やっぱり、アンタは嫌いだよ」

本音を叩き付けるが、榊の笑みは深まるばかり。

「まぁ、そう言うな。私は期待しているんだ。そして同時に心も躍っている。なにせ……お前ほどの人間に、まだ、私の他は誰一人として気付いていないのだからな。お前の行動一つで、今の校風が尽《ことごと》く覆されかねない」

彼女の言葉を右から左へと聞き流しつつ、考える。

この学園に入るに際して、情報統制と隠蔽工作は万全を期した。

僕のことは、きっと学園長でさえ知らないだろう。

それを……この人は、どっからそんな情報を仕入れてきたんだか。

おおよそ、僕の名前に関心を抱いて調べた結果、学園側に登録されていた【目を悪くする】異能が『虚偽』と分かったのだろう。そこからいろいろと調べてみて……って感じだとは思うけれど、まさか素性までバレるとは思わなかったな……。

「……で、熱原について、でしたっけ？」

「露骨に話題を逸らしたな……。まぁいい。貴様も想像はついているだろうが、熱原永志《ながし》という男は、今の一年C組には重すぎる」

彼女の言葉は、きっと正しい。

熱原は、今のC組が相対するには強すぎる。……狡猾《こうかつ》が過ぎるのだ。

今のC組は朝比奈霞を中心としたワンマンチーム。

彼女が頷《うなず》けば全員がそちらへ向かい、彼女が首を横に振れば、正しいことでさえ間違いになる。……少し大袈裟《おおげさ》だが、大雑把に言ってしまえばそんな状態だ。

そして、その中心となる朝比奈嬢にとって、今の熱原は難敵過ぎる。

彼女が惑わされ、追い詰められれば、自然とクラスも追い詰められる。

結論として、C組が熱原を倒すのは難しい。

榊の言った『重すぎる』とは、そういう意味なのだろう。

「大丈夫なんじゃないですか？　なにも、朝比奈さんだけが頼りになるわけじゃない。倉敷さんも、佐久間も、烏丸も居る。あれだけ集まればきっと……」

「……大丈夫、と本気で思っているのか？」

榊は、呆《あき》れたような視線を向けてくる。

だけど、僕の答えは変わらないよ。

僕はとても爽やかに、青春らしいことを言う。

「――大丈夫。僕は皆を信じてますから」

薄っぺらい綺麗事《きれいごと》を口にして、彼女に微笑《ほほえ》む。

彼女は僕の言葉に目を見開いたが、すぐ、その瞳に失望が宿る。

されど、その瞳には同じくらい『期待』も含まれていて。

「……まぁ、いい。いずれにしても、貴様が動かねばこのクラスは潰れるぞ、雨森悠人《ゆうと》」

彼女はそう言って、教室を後にする。

時計を見れば……もういい時間だ。僕は椅子に座り直して息を吐く。

榊に言ったことに、嘘《うそ》はない。

僕は信じているのだ。

――今の彼らに、熱原をどうこう出来るだけの力はないと。

間違いなく、不利な条件を呑《の》まされた上、帰ってくるだろう。倉敷もついて行ったみたいだが……この局面に至った今、どうすることも出来ないと思う。

朝比奈霞は……正義の味方は、正義を振りかざした時が一番強いんだ。

たとえどんな相手であろうと、敵と定めたのなら、もう曲がらない。

曲がらないから、……曲がれないから。

簡単な小石に躓《つまず》いて、みんな死ぬんだ。

正義の味方とはそういう生き様を言うのだと、僕は昔から知っている。

「……全く、だから嫌いなんだ。正義の味方っていうのは」

いつかも断言した通り。

朝比奈霞《かすみ》は、今のままでは間違いなく失敗する。

……まあ、こうして傍観に徹する僕が、どうこう言えた話でもないがな。

☆☆☆

「面倒くせぇ事は無しで行こうぜ、潰し合おうや」

一年A組のクラス内にて。熱原は開口一番そう告げた。

A組の生徒は、放課後にも関わらず全員が居残り、席に座って俯《うつむ》いている。

なんとも異常な光景だ、と一年C組の代表四名は考えた。

「朝比奈……だったか？　オマケについてきてんのは、脳内お花畑の糞《くそ》委員長に、脳筋の後釜野郎、あとその金魚の糞《ふん》野郎か」

彼の言葉に、倉敷、佐久間、烏丸の表情が僅かに揺らぐ。

されど、事前にこう言われることは想像がついていた。

だからこそ、特に言い返すことも無く、本題について口を開く。

「……んで、潰し合う、ってどういう意味だ」

「おうおう、猿は頭が悪くて困るねぇ。これだから――」

「――熱原《ねつはら》永志。見苦しい挑発は止《や》めなさい。私達《たち》は真面目な話をしているはずよ。茶々を入れないで頂戴」

いつものように挑発しようとした熱原を、朝比奈が制す。

その言葉には、熱原も口笛を鳴らして感心してみせる。

「おぉーう、イイねぇ。そっちがその気なら、こちらも本気で話し合おうか。闘争要請《コンフリクト》の内容としては単純明快。『600万を賭けて潰し合う』だ」

600万。つまり、一人頭20万以上の徴収だ。

入学早々、ほぼ全員の生徒へ10万の罰金が科された。残った額は『40万』。生活費を差し引いて『35万』だとしても、敗北してしまえば『15万』まで減額されることになる。そうなれば……生徒達の生活はかなり厳しいものになるだろう。

この厳しすぎる校則地獄の中で、たった二度校則を破った時点で退学処分にされる。それは、生徒達にとってはこの上ないプレッシャーだ。

「貴方《あなた》は……」

「朝は全員退学って言ったが……よく考えたら優しすぎたと思ってよォ」

その瞳は、狂気に歪《ゆが》んでいる。

朝比奈は強く歯を食いしばるが、彼はその表情すらも楽しんでいた。

「ただ潰すんじゃねぇ！　いつ自分が潰されるのか、退学処分を受けちまうのか。気が気でなくて夜も眠れなくて、心労重なり精神病んで、心身ともにぶっ潰されて！　そういうのが見てぇんだ！」

その言葉に、A組の生徒達は体を震わせる。

そこにあったのは、一人の生徒へ向けられた、死よりも大きな恐怖だった。

「だが、それは『他人の手を使って』じゃねぇ。この俺が、自らの手で破滅させる。それが楽しい、面白ぇ。他者を蹴り飛ばし踏みにじり、上位に立ってこそ『生』を感じられる！　これだから人生ってのは止められねぇ！」

「……この、下衆《げす》が」

朝比奈の瞳に敵愾心《てきがいしん》が宿る。

この男は、霧道《きりどう》と同類……いや、あれ以上の害悪だ。

倒さねばならない、誰かを守るために。……これ以上、被害者を出さないために。

「そうだな……。六人ずつ出しての勝ち抜け戦にしようや。勝った方が600万！　堪《たま》らねぇなぁ！　人の人生を賭けてやるゲームってのは！」

「……問題外ね。仮に貴方が負けたとして、支払う代償は『クラスメイトから巻き上げた金銭』……ということになる。そのようなモノは要らないわ」

朝比奈《あさひな》の言葉に、佐久間《さくま》が頷き、烏丸が苦笑した。

600万は確かに大きい。それがあればこの先、有利に働くこともあるだろう。

だが、大前提として朝比奈霞は正義の味方だ。

どんな不正すらも許さない彼女が、そのルールに乗ることは決して無い。

「こちらから貴方に求めるのは、『今後、永久的に他者へ暴力を振るうことの禁止。及び、直接、間接を問わず他者へ危害を加えることの禁止』。そして『クラスメイトから譲渡された金銭の返還』よ」

「おいおい……こっちから出す条件は600万以外に有り得ねぇぜ？」

「故にそうしましょう。貴方が勝てば600万。私が勝てば、貴方の不正は正される」

その言葉を受け、熱原は笑った。

まるで、狙い通りとでも言いたげな表情で。

その表情を見た倉敷は、咄嗟《とっさ》に制止の声を上げる。だが……。

「か、霞ちゃん！　それは――」

「ごめんなさい、蛍《ほたる》さん。でも、安心して頂戴。絶対に勝つから」

それは、正義の化身としての自負、自信、覚悟だった。

されど、倉敷《くらしき》は大きな不安を感じていた。
この世界には、覚悟だけじゃ勝てない相手も存在する。
正義じゃ勝てない、ぶっ飛んだ巨悪が存在する。
例えば……そう、雨森《あまもり》悠人のようなイレギュラーが。
熱原が、彼と同類だとは思っていない。されど、倉敷は直感していた。
きっとこの男も、魑魅魍魎《ちみもうりょう》の類なのだと。
「へぇ、じゃあ決定だ！　やろうぜ、人生賭けた潰し合いを！」
そして、最悪の闘争要請《コンフリクト》が決定する。
その中に渦巻くのは、血反吐《ちへど》を吐くほど濃密な悪意。
鬼が出るか蛇《じゃ》が出るか。
少なくとも、一筋縄では絶対にいかない『なにか』がそこにある。
倉敷蛍は、現時点でそう察していた。

☆☆☆

翌日、朝比奈から情報がもたらされた。
時刻はホームルームの十五分前。

時間をどこまでも厳守する榊《さかき》先生が、このホームルーム前の時間帯、クラス内にいるというのも珍しいが、それだけ彼女も今回の件を大きく見ているのだろう。

その中で、今回の件について語られた。

闘争要請《コンフリクト》、その概要について。

ルールは簡単だ。六対六の、なんでもありの潰し合い。

相手が気絶、降参した場合のみ勝敗が決まる。

試合形式は勝ち抜き戦。そのため、たった一人で相手の六人を蹴散らすことだって、やろうと思えば出来るわけだ。現実的に可能か不可能かは別としてな。

でもって、その『勝利報酬』について。

朝比奈が語った瞬間、クラスに静寂が舞い降りた。

倉敷を見れば、どこか悔しそうに唇を噛《か》んでいた。

個人的には、想定していた中での最悪ではなかったし、別にいいんじゃね？　というのが正直なところ。まあ、最悪でないだけで悪い事には変わりないが。

倉敷がどんなに有能でも……たとえ僕がその場にいたとしても。

きっと朝比奈嬢は曲がらなかった。決断を変えなかった。そんな確信がある。

つまり結論、朝比奈と同じクラスになった時点で諦めろ、ってことね。

「嘘だろ……600万って！」

「そ、そんな金額……」

「払えたとしても、そんなことしたら……」

いくら朝比奈にカリスマ性があったとしても、所詮は他人だ。

あまりにも法外な金額を前に、クラスメイトから不安が溢《あふ》れ出す。

されど、それらの声を前に朝比奈嬢は動じなかった。

その姿に、徐々にざわめきが消えていく。

やがて、静寂に包まれたクラスの中で、朝比奈嬢は口を開いた。

「まず最初に……ごめんなさい。私の独断で、みんなを危険な目にあわせてしまった……。謝って済むような話ではないけれど、謝罪だけはさせてください」

そう言って、彼女は深々と頭を下げた。

騒いでいたクラスメイト達も、彼女の姿に啞然《あぜん》とした様子だ。

一向に顔を上げない彼女を見たクラスメイトは、一人、また一人と朝比奈嬢へと声を返していく。「大丈夫」「気にしないでよ」「朝比奈さんなら任せられるよ」だの。

僕は自分の運命を他人に預けるなんて信じられないが、そういう流れを簡単に作ってしまえる『天然記念物』だからこそ、僕も彼女を利用し尽くすと決めたわけだしな。

「それと同時に、皆には安心して欲しいの。貴方達が危険を背負う必要は一切無い。これは、私が提案したこと。……私が、責任をもって彼を倒すわ」

朝比奈嬢の瞳には、強い覚悟が映っていた。

誰が見てもひと目で分かる、強烈な意志。

えも言われぬ説得力を前に、クラスメイト達は喉を鳴らす。

誰が最初に言ったか「さすが」って言葉。

それを皮切りに、朝比奈嬢への期待の言葉が溢れ出してゆく。

確かに、朝比奈霞は強いだろう。

この学校を見渡しても、彼女に勝る異能力者はそう居ない。

そう確信出来るほどの『異能』の強さ。

戦って、朝比奈霞が熱原永志《ながし》に負けることは無い。そんなことは最初から知っている。

けれど、相手が『真正面から戦う』とは、限らない。

熱原は性格が悪い。狡賢《ずるがしこ》く、陰湿で、勝利に貪欲だ。

「熱原君の性格上、必ず最初に出てくるでしょう。圧倒的な力の差を見せつけるために。自分一人で私達全員を倒すために。だから、私が先鋒《せんぽう》として戦い、彼を倒す。……A組は彼に脅されているだけ。なら、それだけで勝敗は決するでしょう」

違う、違うんだよ、朝比奈嬢。

僕が熱原なら、その思考さえも読んで利用する。

正義の味方、朝比奈霞はどんなことをされたら嫌なのか。

思考を読み解き、策を弄し、きっと僕は――彼は、最悪の作戦を立案する。

「…………」

まっすぐに前を向く少女を見て、何か言おうか考える。

彼女に贈るべき助言を探せば、言うべきことはすぐに出てきた。

『お前は最初から出るべきじゃない』

僕から伝えるのは、それだけでいい。その一言で熱原の策は壊滅する。

きっとC組は何の憂いもなく快勝するだろうし、熱原は一切自分の土俵で戦えず、朝比奈嬢との真っ向勝負で散るだろう。そこまでは確信出来る。

――だが、それを事前に伝えることが、その先にどう繋《つな》がるというんだ？

危険を避けるのは大切だ。……だが、危険と成長の機会は紙一重。

何でもかんでも躱《かわ》していれば、いつまでたってもこのクラスは成長しない。

ふと、榊先生から視線を感じたが、僕は肩を軽くすくめて受け流す。

……やっぱり、僕の意見は変わりませんよ。

どれだけ危険があろうとも、クラスが間違った方向に進もうとも。

軌道修正が利かなくなる直前までは、僕は一切手を出さない。

『貴様が動かねばこのクラスは潰れるぞ』

以前聞いた言葉が頭を過《よぎ》る。だけど、過っただけで僕には響かない。

もう、賽《さい》は投げられたんですよ、榊先生。
後戻りは出来ない。始まったものは戻らない。
……朝比奈にとっても、今回の勝負はいい勉強になるだろう。
だって、この『闘争要請《コンフリクト》』は。
――目も当てられない敗北から、幕が上がるだろうから。
「私は、悪には決して屈しない」

☆☆☆

翌日の放課後、A組との闘争の時間はすぐにやってきた。
グラウンドへ集まったC組を待ち構えていたのは、熱原《ねつはら》を筆頭とする一年A組。
校舎を見れば、多くの生徒がこちらの様子を見下ろしている。
今年度に入って最初の闘争要請《コンフリクト》。しかも、クラス対抗という超大型の戦闘だ。
これで、目立たないという方がおかしいだろう。
「へぇーえ、逃げずにやってきたか。偉いじゃねぇか」
熱原は、赤い髪を風に揺らしながら笑っている。
赤髪に流れるように入った銀色のメッシュが、太陽の光を鈍く反射させ輝く。

その瞳は愉悦に揺れていて、……僕は彼の足元を見て、思わず顔を歪《ゆが》めた。

「……貴方《あなた》、は、どこまで卑劣なのかしら。熱原永志」

朝比奈嬢の視線の先、熱原の足元には傷だらけの少女が倒れていた。

朝比奈嬢の瞳を受けて楽しそうな熱原は、しゃがみ込んで少女の髪を摑《つか》む。

珍しい白髪の、アルビノの少女。

髪を摑まれ、上がった顔には多くの殴られた痕が刻まれている。

頰は腫れあがり、内臓が傷ついているのか口端から血が流れている。

その光景には、普段から冷静な烏丸《からすま》でさえ怒りを見せた。

……正義の化身たる朝比奈嬢の怒りは、僕の想定すら超えるだろう。

「そーカッカすんなよ、朝比奈霞《かすみ》。俺ァ、許されてこういうことをやってんだ。聞いてみっか？　コイツはたとえ殴られたって『大丈夫です』って答えるからなァ！　ケヒッ！」

暴力を振るわれても、被害者が『許す』と言ってしまえば校則違反にはならない。

霧道《きりどう》と僕のやり取りで、そこら辺の仕組みはC組の全員が理解している。

故により一層、朝比奈嬢は怒りを覚えた。憤怒に拳を握りしめた。

「……もう、いいでしょう。早く始めましょう。熱原永志。貴方とは、もう、話す価値も見いだせない。正義の名のもとに、貴方を倒す」

「へぇ……んじゃあ、サッサと始めましょーか！　ほら、出せよ『出場生徒表』をよォ」

熱原は、そう言って中央へと躍り出る。

A組、C組はそれぞれ、事前に『出場する生徒の名前と順番』を記した紙を用意し、当日、公開する手筈《てはず》になっている。

つまり、現時点では相手の出場生徒も、その順番も分からない。

それは向こうも同じで、そのルールによるハンデは一切ない。

――ように、思えた。

審判は公正を期するため、生徒会の生徒が受け持ってくれたらしい。

その女子生徒は無表情のまま、両者へと視線を向ける。

「それでは、両者、出場生徒の発表を」

かくして、朝比奈《あさひな》と熱原は公開する。

上空に、今回の出場生徒表が浮かび上がった。

然《しか》してそれは……僕の想像通りのモノだった。

……とある部分を除いて、だが。

【一年C組】
①朝比奈霞
②佐久間《さくま》純也《じゅんや》

【一年A組】
①橘《たちばな》　月姫《つきひ》
②熱原永志

③雨森悠人《あまもりゆうと》　③ロバート・ベッキオ
④黒月奏《くろつきかなで》　④紅《くれない》　秋葉《あきは》
⑤烏丸冬至《とうじ》　⑤米田半兵衛《よねだはんべえ》
⑥楽市楽座《らくいちらくざ》　⑥邁進花蓮《まいしんかれん》

「な……！」

朝比奈嬢から驚きの声が上がる。……が、ちょっと待て。

えっ？　なんか……見覚えある名前が入ってるんですが？

あれっ、もしかして見間違いかな？　僕の目でも腐ったのかな。

なんか、雨森悠人、って見えるんですが、これは幻覚ですか？

「……何故《なぜ》だ」

「説明しましょう！」

僕の呟《つぶや》きを、偶然にも隣にいた天道《てんどう》さんが拾ってしまう。

「此度《こたび》の我らが連盟は、天に愛されし強靱《きょうじん》さを秘めていると言ってもいいでしょう！　さすが天は仰《おっしゃ》いました！　『強い異能女子は居るけど、熱原相手とかなんか怖いよね』と！」

「なるほど、余り枠か」

つまり『クラスには強い人達《たち》めっちゃいるけど、女の子を熱原の前に出すのは危険だよね』って話だろう。ちなみに朝比奈嬢は女の子ではないらしい。

ちらりと視線をスライドさせると、当然のように倉敷《くらしき》と目が合った。

絶対に出たがらない僕に対し、まるで『お前、ちょっと責任取って尻拭いして来いよ』とでも言わんばかりの強行策。……全くどうやって仕組んだのやら。

きっと僕のいないところでいろいろと根回しをしてたんだろうけど、本人の了承なく名前をねじ込むとか、素直にどうやったのか知りたいです。

と、そんなことを考えていると、朝比奈嬢の激昂《げきこう》が伝わってきた。

「こ、これは……どういうことなの！　熱原永志！」

「どうもこうもねぇだろうよォ？　これが現実さ！」

彼の言葉を受け、改めて出場生徒表を見る。

うーん。ロバート・ベッキオですか。A組を見ると、一人だけ身長が2メートル超えてるようなガチムチの外国人がいる。

まぁ、勝ち抜き戦だし、朝比奈嬢が全員倒してくれたらそれでいいんだけど。

「……まぁ、無理か」

呟き、朝比奈嬢を見つめる。

熱原は背後のクラスメイト達とアイコンタクトを取る。

すると、先程まで髪の毛を掴まれていたアルビノの少女が、他生徒の肩を借りながら中央の方へと向かってくる。まぁ、この流れからすりゃ、彼女の名前はすぐに分かる。

「ま、さか……！　橘さん、というのは——」

「あァ、コイツだよ。朝比奈霞、お前の相手は、この女だ」

熱原は、勝利を確信して笑みを浮かべていた。

朝比奈嬢は確かに強い。……だが、それ以前に彼女は正義の味方だ。良くも悪くもな。

だから、悪には異様なまでに強くとも……同じ正義には、弱者には強くなれない。

どこまで行っても、善なる弱者は彼女にとって『守る対象』だから。

朝比奈嬢は、拳を握りしめ、歯を食いしばる。

今になって気がついたようだ。——嵌《は》められた、となる。

「最初、てめーらのクラスに行った瞬間から気づいていたさ。てめーは霧道を殺《や》った奴《やつ》とは別人だ。なんせ、てめーは非情になりきれねぇ。俺みたいな『悪』が目の前にいるってのに、正義の庇護者《ひごしゃ》を盾にすりゃあ、あら不思議。かーんたんに無効化出来ちまうんだ」

そう言って、熱原は後方へと下がっていく。

残ったのは、満身創痍《まんしんそうい》のアルビノの少女……橘と、朝比奈嬢。

朝比奈嬢は大きく目を見開き、拳を握りしめている。

その拳からは血が滴っている。

憎悪よりも、悔しさがその顔には映り込んでいた。

「これは……まずいんじゃ」

倉敷の声が響き、僕は目を閉じた。

朝比奈嬢の説明からするに、熱原はよほど『自分の手で潰す』という部分を強調していたんだろう。それも、この上なく上手に、だ。

だからこそ、朝比奈嬢はまんまと信じた。

信じるに値しない、悪の言葉を信じてしまった。

一年C組に動揺が走る。

既に、熱原永志《ながし》は勝利を確信していた。

「言っとくが、俺の駒は決して降参したりしねぇから」

それは、チェックメイトと同義だったのだろう。

朝比奈嬢は愕然《がくぜん》と目を見開き、熱原を見据えている。

彼は唇を弓のように吊《つ》り上げて、嘲笑と共にこう告げた。

「朝比奈霞、てめーは『弱者』を殴れねぇ」

朝比奈霞は、橘月姫を倒さねばならない。

その事実を前に、朝比奈霞は硬直した。

誰が見たって分かる。橘月姫は、熱原永志の被害者だ。

頬は腫れ、額からは僅かに流血している。骨が折れているのか、肩を抱いて震えている。

乱暴に掴まれた髪は不規則に跳ね上がり、その身の全てで満身創痍を表している。

彼女は、朝比奈霞にとって守るべき存在だ。

だけど、橘月姫は『参った』とは口にしないだろう。

それは、熱原永志が怖いから。彼が怖いから、決して自分から降参したりしない。

つまり、彼女に勝つには、朝比奈が橘を殴り、気絶させなければならない。

正義が守るべき者へ手を上げなければならない。

そうしなければ、朝比奈霞は熱原永志と戦えない。

「……ッ！　こ、この――ッ！」

「吠《ほ》えてやがるぜ負け犬が。みっともねぇったらありゃしねぇ」

熱原が、遠方から余裕の表情を見せている。

その姿に朝比奈嬢は強く歯を軋《きし》ませる。拳を限界まで握りしめ、目の前の橘へと視線を向けた。……それは、朝比奈嬢が最後に出来る抵抗だった。

「……橘、月姫さん、といったかしら。……お願い、降参して」

「……っ、い。いや、ですっ！」

朝比奈嬢の言葉に、橘は過剰とも呼べる反応を見せた。

その瞳には恐怖が映っていた。対する熱原は余裕の表情を一切崩さず……僕は、その薄ら寒い光景を無表情で見つめていた。

「……っ、あ、安心して頂戴。私が熱原《ねつはら》君を倒せば、貴女《あなた》は暴力から解放されるのよ！
そうすれば、もう、怖がることも――」
「あ、貴女は……絶対に、A組には、勝てない……っ！」
もはや、聞く耳を持たない橘。
朝比奈嬢は目を見開いて、たたらを踏む。
その光景に、周囲の動揺が絶望に変わった。
クラスメイトも、理解しただろう。
朝比奈嬢は、橘月姫には勝てない。……負ける、確実に敗北する。
それ以外に『橘月姫を傷つけない手段』は存在しないから。
なんたる愚鈍。なんたる甘さ。……なんたる茶番。
しかし正義の味方とは、元来そういうもので。
その幻想に憧れた以上、お前が今後直面する苦難は計り知れない。
……責めはしないよ、朝比奈霞。そういうもんだと分かってたから。
お前は正しくここまで生きた。
正しく発言し、正しく行動し。故に、お前が直面している危機もまた正当なものだ。
相手が誰だったにせよ、遅かれ早かれ、こういう場面はやってきていた。
そして僕は、どうせ挫折するなら早い方がいいと考えた。

だから何も口出ししなかったし。今回ばかりは、朝比奈が敗北するとも確信してる。

「……佐久間」

僕は、近くにいた佐久間へと声をかける。

彼は驚いたように僕を振り返ったが、僕の目を見て、数秒固まり、やがて大きなため息を漏らした。

「……ったく、仕方ねぇなァ」

彼はボリボリと頭を掻《か》きながら、朝比奈の方へと歩き出す。

注目が佐久間へ集まる。熱原はさらに笑みを深めるが、特に興味はない。

佐久間が朝比奈の肩へと手を乗せると、彼女は大きく身体《からだ》を震わせた。

「おい、正義の味方。選手交代だ」

「さ、佐久間……君？　で、でも、こんな——」

「こんなも何もねぇんだよ。……素直に認めろや。今回、てめーは熱原の策に負けたんだ。俺ァ、生意気な野郎と現実逃避野郎は嫌《きれ》ェなんだよ」

さっすが佐久間、口が悪い。一歩間違えばブーイングものだが、間違えないからクラスカーストの頂点に立っていられるのだ。

彼は熱原を強く睨《にら》むと、口端を吊り上げる。

「……まぁ、良かったがな。俺ァ、ああいう野郎がいっちばん気に食わねぇんだ。朝比奈、てめーなら一人でぶっ殺せるんだろうが……アイツだけは俺が殺《や》りたかったんだよ」

「さ、佐久間《さくま》君……」

佐久間、言い方が酷《ひど》い。なんか残虐。

でも、いいこと言った。朝比奈《あさひな》嬢からの好感度がちょっと上がったぞ！　その調子で朝比奈嬢の注目を全部掻《か》っ攫《さら》っていってくれると非常に助かる。心から応援してるよ！

「おい審判！　朝比奈は降参、選手交代だ！」

「……朝比奈霞《かすみ》さん、よろしいですか？」

審判の生徒からの言葉に、朝比奈嬢は唇を嚙《か》み締める。

彼女の視線がこちらへ向かう。

周囲の生徒達は皆、朝比奈嬢を見ていた。

彼らの瞳に映っているのは侮蔑の情……では、決してない。

「まぁ、しょうがねぇよ、あとは佐久間に任せとけって！」

「そうだよ！　次頑張ればいいんだって、朝比奈さん！」

「うん！　あんまり気にすんなよー！」

「朝比奈さんと一緒に作戦考えた、私達の責任でもあるからさ！」

周囲からは、励ましの声が響いていた。

それらの声に涙しながら、朝比奈嬢は審判へと返事をする。

「…………は、い。降参、します」

その言葉に、遠くから熱原の爆笑が響く。

審判が頷《うなず》き、正義の味方は戦う間もなく敗北する。

こちらの陣営へと戻ってくる彼女の姿は、同じ人物とは思えないほどに小さく見えて、まるで少し吹けば消えてしまいそうな蠟燭《ろうそく》の火のようで。……クラスメイト達《たち》があまりにも心配そうにするので、それが移ったのか僕もいろいろと不安になってきた。

……まぁ、佐久間が負けたら、次僕だし？　こういう状況を予想していて、それでも『何も言わない』と決めた僕にも責任はある。

朝比奈嬢は、僕の隣を通り過ぎる。

その際に、僕は一言だけ彼女へ告げた。

「あとは任せておけ」

佐久間にな。

☆☆☆

「はいはーい、A組も降参するぜー！　橘《たちばな》は負けってことで、次はお待ちかね、お前らが大っ嫌いな熱原永志だ！」

……佐久間は悪いヤツじゃないが、正義の味方じゃない。

橘だって、倒そうと思えば倒せるだろう。心は痛めど、気絶させることも出来るはず。

だからこそ、熱原はあっさりと橘を引っ込めた。

彼は中央まで躍り出ると、足を引きずって歩いていた橘を乱暴に押し退《の》ける。

「きゃっ」

「……！　おい、てめー！」

その光景には佐久間が激昂《げきこう》するが、熱原はどこ吹く風。

口笛を吹いて余裕をかましており、その瞳は佐久間の姿さえ映しちゃいない。

明らかに舐《な》め腐っている姿に、佐久間の額に青筋が浮かぶ。

「……てめーとは、この拳で決着つけてぇと思ってたんだ」

「へー！　俺は特になんとも思ってねぇけどなぁ。どーせ、お前、負けるんだろ？　負け犬の顔なんざ、多分明日にはぜーんぶ忘れちまってるだろうからな」

いつも通りの挑発、舐め腐った態度。

それを前に、佐久間は大きく深呼吸して。

――そして、その身を炎で焼いた。……否、炎を纏《まと》ったのか。

十数メートル離れた距離でも、焼けるような熱を感じる。

知らず知らずのうちに僕らは後退《あとずさ》り、熱原は『ヒュウ』と口笛を鳴らす。

「へぇ、それがてめーの『異能』ってやつか」
「あぁ、覚えとけクソ野郎。【溶岩の王】、てめーが敗北する力の名前だ」
それは、ありとあらゆる熱を司《つかさど》る、王の権能。
きっと、僕なら触れようとした瞬間に焼き殺されるな。
そんなことを思いながらも……ついと、黒月《くろつき》の方へと目をやった。
彼は……興味無さそうに、明後日《あさって》の方向を見ている。
この戦いにも、勝敗にも、なんの関心も無いと言わんばかりだ。
その姿に、僕は一人頭をかいた。
クラスメイト達の注目は、既に佐久間へと移っている。
嘘偽《うそいつわ》りなく公言している中では、朝比奈嬢、黒月の異能に次ぐチート能力。
期待するなという方がおかしい。
だけど僕は、敗北を想定して動こうと思う。
佐久間が負けたら――……次は、僕が潰される番だ。
潰されてしまっては、何も成せず、何も残せない。
だから、佐久間が戦っているうちに、仕込みを全て終わらせておこうと思う。
朝比奈霞の敗北、Ｃ組の劣勢、まだ見ぬ熱原の異能。
それらを全て加味して、やはりと僕は結論付ける。

ここだ。黒月奏《かなで》を引き入れるのは、この局面を除いて他にない。

ちらりと倉敷《くらしき》へと視線を向けると、彼女も僕の方を見つめていた。

その表情に、一切の『焦り』は無い。

他でもない、僕が出場すると知っているから、かな？

だとしたら期待しすぎです。あの佐久間が勝てないんだとしたら、僕も熱原には勝てないからな。たぶん、きっと、おそらくな。

だから、期待するなら僕じゃなく、黒月にしてやってくれ。

遠くで一人佇《たたず》んでいた黒月へと向かい、眼前で立ち止まる。

彼は驚いたように僕を見つめ、僕は無表情で話しかけた。

「黒月奏、話をしよう」

「……話、だと？」

僕の提案に、黒月は警戒を顕《あらわ》にした。

そりゃそうだ、彼は僕の異常性を、一端だが知っている。

僕は意図して彼の攻撃を躱《かわ》し、受け止め、耐えた。生身でだ。

故に、彼はきっと僕のことを『意識』している。

良くも悪くも。

「……悪いが、話すようなことは何も――」

「お前に無くとも、僕にはあるぞ」

最後まで言わせない。

彼は呆《あき》れたように僕の目を見て……そして、大きく目を見開いた。

彼が、僕の目に何を見たかは知らない。

彼ほどの天才なら、平凡な僕の目にも、何かを見出《みいだ》したのかもしれない。

けれど、興味ない。そんなもんはどうだっていい。

僕が興味を持っているのは、ただ一つ。

僕は彼を見つめたまま、たった一言問いかけた。

「お前は、何を考えて生きている？」

存外、哲学的な問いになりそうだった。

☆☆☆

黒月奏は、生まれながらの天才だった。

一度見たことは、大抵のことが出来た。

初心者であっても、経験者と同じことが出来た。

スポーツも、一度見学すれば、チームに交ざることだって出来た。

チームのエースとして、活躍することが出来た。
勉学でもそうだ。授業をまともに聞いていれば、満点が取れた。
特に苦労することなく、最高得点を叩《たた》き出せた。
どうしてそんなに出来るの？
どうやったら上手に出来るの？
なんでそんなに勉強出来るの？
同級生の、子供らしい問い掛けに。
謙遜するでもなく、慢心するでもなく、自慢するでもなく。
「僕は天才だからね」、と彼は答えるのだ。
だからもっと頼って欲しい。
この才能は、みんなのために使いたいから。
みんなを笑顔にするための力だから。
……だから、理解が出来なかった。
――どうして、彼は……泣いているのだろうか？

☆☆☆

二年前。黒月奏には、親友と呼べる少年がいた。

「おー奏！　帰りゲーセン寄ってくべ！」

「……イツキ、ここら辺にゲームセンターなんてないよ」

黒月は、柔和な笑顔で少年へと言葉を返した。イツキと呼ばれた少年は「そりゃそうだな」と、いつも通り、人懐っこい笑みを浮かべた。

北海道の、田舎町。学生も一学年に二クラスで足りてしまうような、小さな町。

そこに、黒月奏は住んでいた。

友人や教師にも、その才能は広く認められていて。

それでも彼は、あくまでも『町内の有名人』という程度で、収まっていた。

彼自身、世界に出て活躍しようだなんて思ってもいなかったし。

黒月奏は身近な人達の助けになって生きられれば、それでよかった。

「おーっす、二人とも！　今日は居眠りしてなかったね！」

二人へと声をかけてきたのは、クラスメイトの少女だった。

「へへー！　今日は朝練なかったから余裕だったね！」

「まぁ、僕は居眠りなんてしたことないけどね、カナエ」

カナエと呼ばれた少女は、二人の返事に満足気に笑う。

カナエは、イツキの幼なじみであった。

小学生の時に転校してきた黒月とも、既に五年近くの付き合いになる。

腐れ縁と呼ぶべきか。小学校の転校時から今に至るまで、三人は一度たりとも分かれることなく、同じクラスになり続けた。

「もー、イツキ！　もうそろそろテストあるんだから、ちゃんと勉強しないとダメだよ！　あ、そうそう奏、勉強おせーて？」

「て、てめー！　なーにしれっと奏に頼んでんだよ！　俺が先に頼もうと思って——」

「はいはい、二人とも落ち着いて。というか、自分で勉強したらいいんじゃないの？」

最初から断るつもりなんてこれっぽっちもないけれど。

黒月は、冗談としてそう言った。

「「そうしたら赤点だろ（でしょ）!?」」

二人の声が重なって響く。それはいつも通りの、幼なじみ同士、息の合った夫婦《めおと》漫才。

黒月は微笑《ほほえ》ましそうに二人を見ながら、やれやれと肩をすくめる。

「いやー、うまく教えられる自信ないんだよねー。二人とも勉強しないから基礎も出来てないし」

ものすごい棒読みであった。

自信なんてあるに決まっている。

けど、大切な友人として『もっと日ごろから勉強しなよ』と遠回しに告げる。

……まあ、その遠回しも伝わらなかったようだが。

「は、はぁ？　こいつよりは勉強出来る自信あるんですけどー」

「ふっざけんなよ！　前回国語の点数5点だった奴《やつ》が何言って――ぶげらっ!?」

カナエの肘打ちが、イツキの腹部に突き刺さる。

国語、5点。……あまりの悲惨な結果にクラス内が沈黙する。

黒月が『正気か？』とでも言わんばかりの表情を浮かべ、イツキが腹を押さえて蹲《うずくま》る中、カナエは恥ずかしそうに頬を染めた。

「私達《たち》だけの……秘密、だよ？」

「いや、もうみんなにバレて――」

「一生のお願いよ奏ぇ！　これ以上点数下がったらお小遣い減らされちゃうのよ！」

それ以上、どうやったら下がるのだろうか？

黒月はそんな言葉を飲み込んで、ため息交じりに返事をした。

「……分かった。出来る範囲でなら、教えるよ」

「あっ、ありがとぉ、奏ぇ！」

涙を浮かべたカナエは、思いっきり黒月へと抱きついてくる。黒月が驚き、恥ずかしそうに頬を染める中、見るからに焦ったイツキが声を上げた。

「ちょ！　な、何やってんだお前ら！　ちょ、離れろよー！」

「えー、なに、もしかして妬《や》いてんの？　だっさー！」

「はぁ？　誰がてめーみたいなブｓぶぐげっはぁ!?」

再び肘打ちがイツキに突き刺さり、黒月は苦笑う。

イツキが馬鹿やって、カナエがそれに乗っかって。

いつも自分が、それを見て笑ってる。

とても幸せな時間。

心がほっこりするような。暖かくて、オレンジ色の世界。

「お、おい……笑ってないで、助け……」

「だ、大丈夫？　ちょっとカナエ、やりすぎじゃ……」

「はんっ！　コイツがこの程度で死ぬわきゃないでしょ！」

「殺す気か!?」

イツキが騒いで、なんだかんだで三人一緒に笑い合う。やがて、クラスから一人、また一人と姿が消えてゆき、カナエもまた部活動の時間が迫ってくる。

「あっ！　もうこんな時間……、ごめん二人とも、もう行くね！」

「二度と帰ってくんなよー」

「意地でも帰ってきてやるわよ！」

そう言って、カナエは部活動へと向かう。

特に部活に入っていなかった黒月《くろつき》と、部活が休みだったイツキは、どちらからともなく席を立ち、二人一緒に帰途につく。

「そーいや、昨日のテレビなんだけど――」

高校一年生となった黒月は、語る。

きっと、この時が一番、幸せな時間だっただろう。

☆☆☆

「はぁっ、はぁっ……く、くそ……！」

イツキは肩で息をしながら、両膝に手をついていた。

体育の授業、今日はサッカーの時間だった。

イツキはサッカー部に所属している。並々ならぬ才能に、血のにじむような努力を重ね、彼は一年生からサッカー部のエースを張っていた。

努力の量だけは、絶対に負けない。

そう自負していたし、自分の実力にも自信があった。だから、体育の授業のサッカー程度、相手になる奴なんていないと確信していた。

……ほんの、つい先ほどまでは。

額の汗をぬぐい、前方へと視線を投げる。

その先で黒月が敵陣のゴールへとシュートを決め、黄色い悲鳴が飛び交った。

その中にはカナエの姿もあり、その姿を見て、イツキは苛立《いらだ》ちを見せていた。

「カッコイイよ奏《かなで》え！　そしてカッコ悪いイツキ！」

カナエの声が響いて、黒月は苦笑する。

「気にしたら負けだよ。ただの挑発だから」

「分かってんよ、それくらいは……」

ただ、分かっていても心のうちには不満が募る。

黒月奏が天才だとは知っていた。……才能で敵《かな》わないとも思っていた。

だけど、才能っていうのは、努力の一切合切を無視してしまうものなのか？

サッカーという種目に青春の多くを費やし、駆けてきた。

それが、たった一言【天才】という言葉に崩されて。

どこにでもいる一人の少年として、イツキは奥歯を嚙《か》み締める。

何故《なぜ》、どうして自分は活躍出来ない？

どうして、黒月はこんなにも活躍している？

「な、なぁ！　奏！」

「……ん？　どうしたの、イツキ」

考えるより先に、声が出ていた。

不思議そうに問い返す奏に、イツキは困る。

その先が、どうしたって出てこない。

だから、苦し紛れに子供みたいなことを聞いてしまった。

「ど、どうしたら……そんなに上手《うま》く出来るんだ？」

分かりきった質問だと。そう、イツキ自身も理解していた。

「ほ、ほら、俺ってサッカー部だろ？　お前の動きとか……いろいろと！　参考に出来るんじゃねぇかって思ってさ！　コツとかあったら教えてくれよ！　親友だろ？」

まくし立てるイツキに対し、黒月は、困ったように笑う。

その表情を見て、イツキは目を見開いて唇を噛む。

そうだ、黒月は上手くてもただの一般人、サッカー部でもなんでもない。

なんでこんなことを聞いたんだ。サッカー部の親友に初心者がアドバイスだなんて。それこそ、教える側の黒月だって答えづらいだろうに。

「わ、悪い！　今のやっぱ――」

イツキは咄嗟《とっさ》に『やっぱり無し』と言おうと口を開く。

されど、それよりも先に、黒月からの答えが返ってきた。

「ごめん、僕は天才だから……コツとかはよく分からないんだ」


その言葉を、彼の答えを聞いた瞬間。

理由は分からないが、イツキは何かが壊れる音を聞いた。

それが何だったのかは分からない。

ただ、壊れてはいけなかった大切なものだったのは、間違いないと断言出来る。

「……天、才」

頭の中はぐちゃぐちゃで、何を考えていいのかも分からなくて。

イツキは、黒月の発した二文字を復唱する。

黒月が天才だっていうことは、誰もが認めていた。イツキも理解していた。

だけど、本人の口から言われるのとでは、全く別の――

「……イツキ？」

「……っ！　な、なんでもねぇよ。……変なこと聞いて悪かったな」

イツキは、そう言ってボールの方へと走り出す。

一人残された黒月は首を傾《かし》げつつも、彼の後を走り出した。

黒月がイツキを追い越したのは、走り出してまもなくの事で。

——翌週には、イツキはサッカー部を退部していた。

☆☆☆

「おおー！　やったぜ！　カナエ、奏！」

今日は、テスト返却の日だった。

イツキは帰ってきたテストを見て嬉《うれ》しそうにしており、イツキの答案用紙を見た二人は大きな驚きを見せた。

「う、嘘《うそ》……！　全部90点以上取れてる！　なに、アンタもしかして……カンニング」

「してねぇよ！　人の努力を不正にするんじゃねぇ」

「冗談よ。勉強頑張ってたのは、私が一番知ってるし」

部活動をやめて、イツキは猛勉強を重ねていた。

その理由は、スポーツの『楽しさ』が分からなくなってきたから。

そして、勉強も出来るんだって、カナエにいいところを見せたかったから。

運動じゃ、奏には絶対に敵わない。ここ数年の経験からイツキは察していた。

だからせめて、勉強で見返してやるんだ。

どーだ、俺だって出来るんだぜ、と。

イツキは意気揚々と、黒月へと視線を向ける。

かくしてそこに居たのは、微妙そうな表情を浮かべた黒月だった。

……確かな自信が、嫌な予感へと変色する。

真っ白な湖に、泥を一滴垂らすように。

嫌な予感はやがて確信へと変わり、自信はどす黒く汚染されていく。

「……嘘、だろ？」

黒月の普段の点数を、イツキは知らなかった。

ものすごく勉強が出来る、というのは知っていた。

だけど、自分が不甲斐《ふがい》ない点数を取っているため、わざわざ彼の点数を知ろうとは思わなかったのだ。だから今回、これだけ取っていれば勝ったと思った。

だけど、違った。

「いやー、実は」

広げられた答案用紙は、どれも満点。

教員が『答えられないだろう』と作成した問題さえ、模範解答で答えてみせていた。

誰が見ても文句の付けようがない、『１００点満点』の答案だった。

「す、すごいっ！　奏ってば、やっぱり勉強出来たのね！」

「やっぱり、ってなにさ。前から言ってるでしょ」

イツキは、『はっ』と目を見開いた。

彼の直感は正しく、黒月は例の言葉を口にする。

「僕は、天才なんだって」

その言葉は、もはや呪いだった。

☆☆☆

『僕は天才だから』

幾度となく、その言葉を聞いた。
その言葉を聞く度に、心が締め付けられた。胸が痛んだ、吐き気がした。
彼に悪意なんてないと分かってる。
黒月ほどいい奴《やつ》なんて、イツキは一人だって知らない。
いつだって他人を優先して。そいつのためになろうと、一生懸命に考えてる。
多くの人が彼に助けられた。
イツキやカナエとて、助けられたのは一度や二度じゃない。
何度も何度も助けられた。感謝だってした。……してるはずだ。

この町に、彼を知らない人はきっといない。

黒月奏は、この町のヒーローだから。

……だけど、それでも。

黒月奏のあの言葉が。

あのセリフが脳裏を過《よぎ》るたび。

彼との思い出を、黒く染め上げていく。

そして、怒りが沸いてくるのを感じた。


「……最近、なんか遊べてないね、イツキ」

「……あぁ、そうだな」

放課後。カナエと別れ、イツキと二人きりになった夕暮れのあぜ道。

両脇の田から、カエルや虫の鳴き声がする。

黒月は、イツキの雰囲気がおかしいことに気付いていた。

だから、何とかしようと思っていた。

いつも通り、普段みたいに、幸せな時間を、再現するみたいに。

「カナエも言ってたよ。『イツキ、最近、なんか付き合い悪くない？』って。……何かあったなら言ってよね。友達でしょ？」

「……あぁ、そうだな」

先程と、同じ答えが返ってくる。

黒月《くろつき》は困ったように笑いながら、次の言葉を探す。

そして……ふと気がついた。

イツキが、立ち止まっていたことに。

「……どうしたの、イツキ？」

「…………なぁ、お前、勉強したことあるか？」

突然の問い掛けだった。

当然のように困惑した黒月は、嘘偽りなく答えを返す。

「い、いや……特には？」

「じゃあ、スポーツは……。死に物狂いで練習したことあるか？　誰かに負けまいと、寝る間も惜しんで頑張ったことは――」

「な、無いけど……それが、どうかしたの？」

黒月が、少し引いたように言葉を返して。

その言葉に、その姿に、イツキの怒りが爆発した。

「ふッ――ざ、けんなよッ！」

突然の咆哮《ほうこう》に、黒月は大きく目を見開いた。

「なんでだ、なんでだよ！　奏《かなで》！　お前は……俺がどれだけ頑張ってるか知ってるか!?　てめーが……てめーがカナエと遊んでる間も、必死こいて勉強してんだよ！　てめーが余裕面ぶら下げてる間も、必死こいて努力してる！　部活もやめて、何もかも捨てて頑張ってる……！　それなのに……お前はぁ……ッ！」

「い、イツキ……？」

黒月から、困惑の声が飛ぶ。

その声を受け、イツキは正気に戻って目を見開いた。

自分の言ったことを理解するまで数秒。

やがて口元を押さえたイツキは、黒月に、蚊の鳴くような声で「ごめん」と謝った。

だけど、一度さらけ出した本音は、もう戻せない。

「……理解、出来ねぇんだろうな、お前は」

イツキの言葉に、黒月は返事を返せなかった。

その通りだったからだ。

「お前は天才で、なんでも出来るだろうさ。それに対して俺は凡人。なんにも出来ねぇし、死に物狂いで努力したって……お前にゃ届かなかった」

やがて、俯《うつむ》いていたイツキは顔を上げる。

「な、んで……」

「俺はさ、カナエの事が好きなんだよ」

知っていた。そして理解が出来なかった。

何故《なぜ》、このタイミングでそう告げたのか。

なんで、彼は……泣いているのか。

「あいつに相応《ふさわ》しい人間になりたくて、一生懸命に努力した。……知ってたか？　あいつ陸上部のエースなんだぜ？　毎日毎日頑張って……対する俺は、なんの取り柄もないただの凡人。せめて、一つだけでも、他のどんな奴にも負けない武器が欲しかった」

「イツキ……、ぼ、僕は……」

「知ってるよ。お前が俺達《たち》を応援してくれてること。カナエが、俺のことを心配してくれてること。だけど、だけど、よぉ……！」

誰もいないあぜ道、夕暮れを背に……イツキは泣いていた。

悲しみを湛《たた》えたオレンジ色の中で、かつて親友だった者が慟哭《どうこく》する。

「俺は、お前が憎くて憎くて……堪《たま》らない！」

それは、醜い嫉妬だった。
黒月も、今までに少なからず受けた経験のあるものだった。
だけど、今回のは、違う。
心から信頼していた親友から、他の誰より大きな憎しみを受けた。
それは、中学二年生の彼にとって、重すぎる感情だった。

「…………ぁ」

パキリと、変な音がした。
黒月奏の、大切な『何か』が、壊れる音がした。
気がつけば、黒月は走り出していた。
背後から、イツキの制止の声が飛ぶ。
『悪かった』『言いすぎた』『頼む、話を聞いてくれ』
そんな言葉を全て置き去りにして、黒月は走った。
走って、走って。
まっすぐ家まで帰って、部屋に籠った。
その日から、黒月が家から出ることはなくなった。
毎日のように、イツキとカナエは黒月の部屋の前までやってきた。
謝罪の声が聞こえた、涙する気配があった。

心の底から心配している、二人がいた。

されど、扉はもう開かれない。

部屋の扉は閉ざされたままで。

黒月が、二人と顔を合わせることは、二度とない。


やがて、時は流れて、中学三年生の春。

黒月は、初めて二人とは別のクラスになったと。

風の噂《うわさ》で、耳にした。

☆☆☆

「お前は、何を考えて生きている？」

僕は、黒月へと問いかけた。

その言葉に対し、身体《からだ》を震わせた彼は顔を俯かせる。

「……意味が、よく分からないが」

「言い方を変えようか。お前はなんで、才能を隠すんだ？」

僕の言葉に、彼は顔を上げる。

その瞳には、何かを失ったような黒い光が映っていた。

何か、というより『誰か』かもしれないけれど。

……やっぱり、よく似た目をしてる。

僕の目を見下ろしていた黒月も、やがて、何かに気が付いたようだった。

「お、お前……もしかして」

「なぁ、黒月奏。アレをどう見る？」

僕は、熱原《ねつはら》と佐久間《さくま》の戦闘へと視線を向ける。

佐久間の異能は【溶岩の王】。

炎系統の力を『ほぼ』無効化し、溶岩や炎といったものを好き放題召喚、使役、操作することが出来るというチート能力。普通なら太刀打ち出来ないような異能だろう。

だけど、あの様子を見るに熱原の力は、きっと……。

「……佐久間君が、劣勢に見える」

現在、戦闘の中心は紅蓮《ぐれん》の炎に包まれている。

大地を溶岩が流れ、真っ赤な炎が空気を押し退《の》ける。あの場に居るだけで足を焼かれ、肺を焦がされる。……常人ならば数分だって生きていられないだろう。

そんな状態で、熱原永志《ながし》は笑っていた。

「……炎。溶岩、熱……全てが無効化されている。おそらく、熱原君の異能は、佐久間君の完全なる上位互換」

「……熱系最上位――【加護】の能力か」

つまるところ、朝比奈《あさひな》嬢や黒月と同格の能力ってわけだ。

こりゃ、相性もだが、佐久間に勝ち目はなさそうだな。

それどころか、他の生徒だって、手も足も出ないだろう。

ちらりと見れば、朝比奈は今にも死にそうな顔で佐久間を見ている。

「……きっと、この戦いは、C組の敗北だ」

黒月は、弱気なことを口にした。

だが、現状を俯瞰《ふかんてき》的に見れば、彼の意見を否定することは出来ない。

ただ問題は、これで敗北なんてしてしまえば、朝比奈嬢が『責任を取って退学する』とか言いかねない、ってことだ。

彼女にはまだ、やってもらわねばならないことがある。

今回を乗りきって、成長してもらわないといけない。

……それに、僕も金欠だから敗北時の20万なんて払えないし。

だから黒月、今回はお前が必要なんだ。

「熱原に勝てるとしたら……黒月、お前以外には居ないだろう」

「…………………」

僕の言葉に、黒月は無言で返した。

過去に何があったのかは、知らない。

何を考えて今生きているのかも。どうしてこの学校に来たのかも。

何も知らない、興味もない。——けれど、これだけは分かってるつもりだ。

お前は意図的に、自分の才能に蓋をしている。

「ぐ、はぁ……っ!?」

「あっれぇ……？　オイオイ、まだ能力使ってねぇんですけどぉ？」

佐久間の腹に、熱原の拳が突き刺さる。

あまりの威力に体がくの字にへし折れ、佐久間はたたらを踏みながら後退する。

一度も異能を使わず、王の異能を追い詰めた熱原。

……これは、想定してたよりもずっと強そうだな。

「俺は……僕は、天才だよ。ずっと昔から、知ってるさ」

ふと、黒月の声がした。見れば、彼は肩を抱いて震えている。

余程のトラウマがあったのだろう。

小刻みに震える今の彼には、きっと何を言っても届かない。

「だから、僕はこの才能が疎ましい。考えて。考えて……どうして泣かしてしまったのか。

僕は何を間違えたのか。ずっと考えていた。そして、気づいたんだ。きっとイツキは、僕の才能に狂わされた」

イツキって誰？　とは、雰囲気的に聞けなかった。

「……中学生の時にね。僕は……特に考えもせず、自分の才能を公表してた。誰かの力になればいい。そう思って。けれど、その結果が……親友からの嫉妬、恨み、怒りさ。笑えるだろう、雨森《あまもり》君。僕は……親友に憎まれ、遠くまで逃げてきたんだよ」

彼は怯《おび》えているようだった。それは自分の才能に対して……ではないのだろう。

才能が理由で、誰かを傷つけてしまう事に、怯えている。

「僕は、もう、こんな才能使いたくない……」

黒月奏《くろつき》は、蚊の鳴くような声で、そう言った。

「何かを失うくらいなら、才能なんていらない。何も出来なくったっていい！　僕が何もかも望んだから全て失ったんだ……この才能がイツキを狂わせた。……こんなモノ、こんなモノ……ッ！　僕は持って生まれたくなんかなかった！」

肩を震わせ、涙を堪《こら》え。彼は年相応の少年として恐れていた。

それは、一年C組で見せる【孤高の天才】とはかけ離れた姿。

今にして思えば、彼はこれ以上誰かを傷つけまいと、あのスタンスを保っていたのだろう。己を殺して、優しさに殉じて、一匹狼《いっぴきおおかみ》の皮を被《かぶ》った。

それこそが、僕らの見ていた黒月奏の表面像。

「あの目が……っ、想像しただけで、僕は、怖いんだ……」

彼の過去に何があったのか、想像するのは易《やす》いが、知ろうとも思わない。

僕は、彼から視線を逸《そ》らして戦場を見た。

「どうやら……勝負あったみたいだな」

僕の視線の先で、熱原の拳が佐久間の腹に突き刺さる。

もう何度目とも知れない直撃。限界を超えた佐久間は膝をつき、その場に沈む。

しかし、審判が佐久間の敗北を宣言するよりも先に。

……佐久間の頭を、熱原が踏みつけ笑う。

「ハァイ、終ー了ー！　霧道《きりどう》とやらの後釜気取ってる佐久間クゥンは、俺に一度も能力を使わせることも出来ず、敗北したのでしたァ！　おつかれー」

その光景に、クラスメイト達から絶望感が溢《あふ》れる。

そりゃそうだ、佐久間はC組でもトップクラスの実力者。

そんな彼が、熱原に能力を使わせることも出来なかった。

……ぶっちゃけ、やべぇ。何こいつ、強さのパラメーター、バグってない？

こんなのと戦わないといけないわけ？　次の挑戦者って僕なんですけど。

「お、お前……！　くそ、佐久間！」

烏丸《からすま》が、悔しそうに叫んだ。されどそんな悲鳴も熱原にとっては甘美の蜜。

彼は歓喜に表情を歪《ゆが》めると、佐久間の体をC組の陣営の方へと蹴り飛ばした。

咄嗟《とっさ》に朝比奈嬢が動き、佐久間の身体を受け止めたが……佐久間は完全に気絶している。

ここから見た限りでもかなりの重傷だと思われた。

「A組、熱原永志。常識的観点から見て過剰な暴力は認められません。……これ以上、モラルを逸脱した言動を見せるならば、貴方《あなた》を敗北扱い致します」

「あ？　ンなルールなかった気がするが……。まぁいいっすよ。これで、俺がぶっ潰してぇ二人は退場した。後は、わざわざ挑発する価値もねぇ雑魚どもだ。一瞬で潰してやんよ。――さぁ、次は誰の番だっけかァ!?」

熱原の大きな声が響いて、僕は一歩を踏み出した。

黒月が、目を見開いて僕を見る。

「黒月。才能がどうとか言っていたが……つまりお前は、『自分は誰よりも優れているから本気を出したくない』ってことを言いたいんだな？」

「あ、あぁ……そう、だけ、ど――」

彼の言葉が、途切れ途切れになる。

振り返れば、彼は僕を見て震えていた。

「なら良かった。――合格だよ、黒月奏《かなで》」

それだけ言えるなら問題ない。お前は、僕の隣に立つに足る器と受け取ろう。

それに難しいことを言っていたが、ようは、お前以上が現れればいいんだろう？

お前が全力を尽くして。精魂使い果たして、それでも届かぬ壁があれば。

お前の前を歩く男が居れば、お前は本気で戦える、ってことだよな。

——なぁ、黒月。

お前は確かに天才だよ。

だけど、お前は世界を知らなすぎる。

お前程度の天才、僕は大勢知っている。

お前が赤子に見えるほどの天才すら知っている。

……生憎《あいにく》、僕は天才なんかじゃないけれど。

少なくとも、僕はお前よりも——ずっと強いよ。

「さて、次は僕の番だったな」

熱原の方へと歩き出す。

僕の姿を見た倉敷《くらしき》が大きく目を見開いているのが見えた。

されど、彼女よりもクラスメイト達《たち》の驚きの方が大きかったように思う。

「あ、雨森くん……！」

「お、おい雨森！　見てなかったのか!?　佐久間が手も足も出なかったんだぞ……！」

歩く僕の手を、朝比奈嬢が強く摑《つか》んだ。佐久間を診ていた烏丸が叫び、僕は頷《うなず》く。

「黒月でも、戦って勝てるか分からないからな。出来る限り体力を削ってくるさ」

そう言うと、制止を振り切り、前に出る。

熱原は僕の顔を見て、少し驚いていた。

おそらく、『霧道を退学させた人物』を探していた際に、僕のことも調べたんだろう。

最弱の能力を持ち、学力も身体能力も、実に平凡。才能の欠片《かけら》も無いように見えるただの一般人。彼が僕に抱く印象なんてその程度だろう。

「おいおぉい、マジかよ……。てめー、正気か？」

「正気じゃなかったら狂気だろうか？」

僕がそう言うと、熱原は楽しそうに笑った。

まるで新しい玩具《おもちゃ》を与えられた子供のような無邪気さ。

されどその無邪気も、現状を見ると狂気に変わる。

「こりゃあ、新しい鴨《かも》がネギ背負って来やがったな。お前、朝比奈のお気に入りだったよなァ？　てめーを眼前でぶちのめせば……アイツはどんな声で鳴くだろうなぁ？」

「あ、雨森くん！　お、お願い……私が、私が責任を取るから！　だから、お願いだから降参して……！　熱原君は、霧道君よりも、ずっと――」

朝比奈嬢の叫び声を聞いて、熱原が更に笑みを深める。

やっだぁ、もう、狩る気満々じゃないっすかぁ。

だけどまぁ、僕もやるべきことがあるんでね。普通なら『負けました』って降参しているところだが、今回ばかりは簡単に引くわけにはいかない。

だから、最初に謝っとくよ、熱原永志《ねつはらながし》。

「悪いな、屈辱を味わってもらう」

「…………あァ？」

熱原が、不機嫌そうな声を漏らす。

「それでは、熱原永志対、雨森悠人《ゆうと》。始めてください」

審判の女子生徒から声がかかる。

誰もが僕が瞬殺されるのを疑わない。

審判の女子生徒さえ、直《す》ぐに止められるよう準備をしている。

遠くから、朝比奈嬢の悲鳴が聞こえて。

僕は、熱原の眼前へと踏み込んだ。

「……は？」

驚きの声がした。

熱原が驚きの表情のまま立ち尽くしていたので。

——僕はその顔面を、普通に殴り飛ばす。

「ぶげふっ!?」
醜い悲鳴とともに、熱原の体が縦に数回転。
勢いそのまま地面に激突した。
周囲から、もう悲鳴は聞こえない。
誰もが目を見開いて固まる中。
動いていたのは、殴った僕と、殴られた熱原だけ。
「な、い、一体、なにが……」
熱原が困惑混じりに呟《つぶや》いたので。
先程彼がやったように、汚い靴裏でその頭を踏みつける。
熱原は理解出来ないというように目を見開いたが。
踏みつける足に力を込めれば、その瞳に怒りが映った。
「立てるだろ熱原。……見た目は派手だが、力は込めてない」
彼にだけ聞こえるように、声を潜めて言う。
わざわざ手加減してやったんだ。僕が勝ったら、ほら、目立っちゃうだろ？
このまま終わったら、まるでお前が弱かったみたいに見えるだろ？
ほらほら、頑張れよ、強い熱原。
お前にはまだ、してもらう仕事が残ってるんだから。

「ちゃんと勝たせてやるから、ほら、立てよ」

目に見えて彼の体が震え、大きな歯ぎしりが聞こえてきた。

「て、てめー……！」

彼は力を込めて、僕の足を撥《は》ね上げる。数歩下がって熱原を見据えると、彼は何とか立ち上がるが、体はふらつき、明らかにダメージが残っている。

怒りと、それを上回る困惑と。

様々な感情が混じり合ったものが、彼の目には浮かんでいた。

ちらりと、黒月へと視線を向ける。

多くは言わん。まぁ、見てろ。

どこにでもいる凡人が、お前を超えた証拠を出すから。

「本気で来い、熱原」

断言しよう。

今日をもって、お前の【天才】という概念をぶち壊す。

☆☆☆

「てめー……調子にノんじゃねぇ！」

明らかなる格下、油断と慢心タラタラで挑んだ勝負。

Ｃ組のカースト頂点を余裕で降《くだ》した自信。それが、瞬く間に砕かれたんだ。

熱原も、動揺を隠すために激昂《げきこう》だってするだろう。

「死にさらせェ！」

熱原は、鋭い拳を放ってくる。……格闘技でも習っていたのかな？　一般人とは思えないキレッキレな拳だった。こりゃ、佐久間《さくま》がやられたのも頷ける。

けどそれ、僕に通用すると思うか？

「ぶぐっ——!?」

最短距離での、カウンター一閃《いっせん》。

熱原の顔面から鮮血が吹き出し、彼はたたらを踏んで後ずさる。

「て、てめー……！」

「な、何が、どうなって——」

察した熱原と、状況を理解出来ていない朝比奈《あさひな》嬢。ちらりと倉敷へと視線を向けると、彼女は驚いたような表情を浮かべつつも、僕へとアイコンタクトを飛ばしてくる。

『いいのかよ、こんなにも目立っちまって』

まぁ……うん、良くはないよね。それでも、この状況で、僕がこうする以外にＣ組が勝てる未来は存在しない。仕方ない、そう、仕方ないのだ。

そんな感じで返すと、倉敷から『嘘《うそ》くさっ』とアイコンタクト。

僕は『フォロー頼むよ』と視線で返すと、彼女がため息をついたのが分かった。

「もしかして……雨森《あまもり》くん、ものすごく『目』がいいのかも……」

倉敷が発した『それらしい』言葉に、注目が集まる。

さて、どんな言い訳してくれるんだろう？　少しワクワクしてきた。

熱原も倉敷の方へと意識を向けているのが分かる。敵前にして情報収集とは……それだけ僕を警戒し始めているのだろうか。ま、勝敗は変わらないから別にいいけど。

「運がいい……そう思っていたけど、違ったのかもしれないよ」

「なるほど！　天に恵まれた幸運とは仮の姿！　彼の真なる力は、神の二眼とも称されるその動体視力！　霧道《きりどう》氏から攻撃を受け、致命傷を避け続けられていたのも、黒月《くろつき》氏の攻撃を躱《かわ》せていたのも、偶然ではなく、必然であったと！　そういうことですね！」

「え、えっと……うん。たぶん！」

倉敷の説明を、近くにいた天道《てんどう》さんがぶん取った。

彼女の説明を受けた生徒達が僕の方へと注目する。

運の次は動体視力ときましたか。……いまいち【雨森悠人】というキャラ設定が定まってないから、僕の立ち位置、スタンスの調整もなかなか難しい。

あと倉敷さん。さっきから『お前正気か？』と言わんばかりの目で僕のことを見ているけれど、そこらへんは安心してくれて構わないよ。

熱原を殴っても、最終的に僕が目立つことはない。

そこらへんもちゃんと考えた上で、僕はここに立っている。

「なるほど……ただの雑魚じゃなかった、って訳か。……だが！　この学校じゃ、異能の強さこそが至上！　どれだけ『下地』が優れてようが、てめーみたいな雑魚能力、俺の【加護】からしたら虫以下なんだよォ！」

「か、加護……やっぱり！」

佐久間がやられた時点で、彼が加護の能力者だとは分かってた。

熱原は鼻から溢《あふ》れる血を拭い、両手を交差させる。

彼を中心として大きな熱量が弾《はじ》け、彼は勝利を確信し――

「褒めてやろう！　俺の能力を使わけぶげっ!?」

その顔面に、ドロップキック。

吹き飛んだ彼は顔面を押さえて蹲《うずくま》り、僕は無表情で彼を見下ろす。

「話してないで能力使えよ」

彼に限ったことじゃないが、一年生はまだ能力を使いこなせていない者が多い。

一見無敵な能力に見えても、こうして『能力を発動しようと思った』瞬間から『能力が発現する』までの待機時間が必ずある。なら、そこを狙えばいい。

たとえ異能が速度に特化してようと、取れる手段はいくらでもある。

……えっ、霧道？　野暮なこと言うんじゃないよ。

「あ、アイツ……あんなに強かったのかよ」

烏丸《からすま》の呆《あき》れたような声が聞こえた。

少しは、絶望感を晴らすことに貢献出来ただろうか。ちょっと重苦しい空気だったしな。

そろそろ、空気の入れ替えをした方がいいと思います。

「こ、この……この俺を！　コケにしやがって……ぶっ殺す！」

熱原は、怒気を全面に表し、僕へと迫る。

咄嗟《とっさ》に身を躱し、彼の片腕を掴《つか》んで背中へ回し、その背中を踏みつける。

俗に言う『関節を極《き》める』ってやつだ。

「動くな。動けば骨を折る」

「……ッ、て、てめー！　ふざけやがっ——!?」

囀《さえず》った所で、僕は彼の手首の骨を握り砕く。

熱原は全身から脂汗を流しながら、唇を強く噛《か》んでいた。

悲鳴は上げなかったみたいだな。学生の割にはすごいじゃないか。

彼は背中越しに振り返り、僕を見る。……そしてその目に、恐怖が宿った。

「——安心しろよ、僕は本気だ」

折ると言えば折るし、殺すとなれば確実に殺す。

お前は僕の敵だろう？　なら、躊躇《ためら》いも迷いもあるわけがない。

僕の目から何を読んだか、彼は大きく歯を軋《きし》ませて。

そして――僕が異変に気がついたのは、間もなくのことだった。

「……？　これ、は――ッ」

彼の腕を放し、大きく距離を取る。

盛り上がっていた生徒達《たち》は僕の行動に首を傾《かし》げて……次の瞬間、立ち上がった熱原を見て目を見開いた。……彼の周囲の地面が、どろりと溶けていたから。

「……チッ、やっと、出しやがったか……」

「さ、佐久間！　大丈夫なのか!?」

振り返れば、気を失っていた佐久間が目を覚ましたらしい。

「俺の力が……一切通用しなかった。つーことは、アイツの能力は熱を完全に無効化する力。あるいは……俺を超える熱系能力以外に有り得ねえんだ」

熱原を中心として大地が溶ける。

熱気が肌を焼く。眼球がチリチリと乾き、息を吸い込めば肺が悲鳴を上げる。こりゃたまらんと、僕は服で口元を押さえつけた。まぁ、焼け石に水だろうけどな。

「てめーは……俺を怒らせたぜ。雨森……つったか？　雑魚顔すぎて、名前も思い出せやしねぇんだがよォ！」

「熱原《ねつはら》、過度な挑発は馬鹿に見えるぞ」

もしくは、本当に名前覚えるの苦手なんですか？

だめよ、他人の名前はちゃんと覚えないと。相手に失礼じゃないの。

そう続けようとした……次の瞬間、僕は咄嗟に右手を突き出した。

掌《てのひら》へと凄《すさ》まじい勢いで『鉄塊』が飛んでくる。思わず受け止めてしまったが……ジュウウ、と肉が焼ける音と痛みが走り、僕はすぐに鉄塊から手を離した。

「これは……」

掌を見れば、大きな火傷痕《やけどあと》が残っている。

足元に転がった鉄塊を見下ろせば、視界を阻害するほどの蒸気が噴き上がってる。

えっ、何これやばくね？　危機感が頭を通り過ぎて消えた。

前を見れば、熱原の体は鈍色《にびいろ》へと変化していた。

肌は鋼鉄、纏《まと》う空気は炎そのもの。

殴る蹴るしか能のない僕にとって、その姿は悪夢みたいなもんだ。

複合系の能力は滅多に見ないけど……なるほど。彼の異能は熱の力だけではない、というわけか。これは、黒月が相手でも分が悪そうだ。

「ぶっ殺す――【熱鉄の加護】！」

彼を中心として、強烈な圧力が溢れ出す。

あまりの熱量に空気が震える。

熱気が衝撃として撒《ま》き散らされ、僕の前髪を吹き上げていく。

「これは……触ってもいいものなんだろうか？」

「さぁ……試してみろよ、糞虫《くそむし》が！」

熱原は、叫ぶと同時に駆け出した。

先程と……動きは変わらない。いや、むしろ遅くなっているように感じる。

身体中《からだじゅう》が鉄になったんだ。そりゃあ動きも鈍る。けれど、これは――

（あ、つい……ッ！）

あまりの熱量に、僕は攻撃を躱して距離を取る。

途端に熱が遠ざかり、僕は大きく深呼吸した。

「俺の能力は……最強の矛と盾なんだよ。全てを破壊し燃やす炎！　全てに耐え無傷を誇る鉄の肌！　熱鉄にして天下無双！　それこそがこの俺！　熱原永志《ながし》だァ！」

彼は鼻から流れ出る血も構わずに、僕へと突撃してくる。

あまりの熱量、さしもの僕もあまり長時間は耐えられない。

「あ、雨森くん！　それ以上は危険よ！　お願い……降参を……！」

「雨森！　後のことなら気にすんな！　俺達が残ってんだ！　異能も使わずに……よく

やったさ！　あとは任せて降参してくれ！」

朝比奈嬢や、烏丸の声が飛んでくる。

他の、話したこともないような生徒からも声が飛ぶ。

ここらが限界、僕の今出来る最大限度。……に見えるだろう。

黒月へと視線を向けると、彼は震えながら、首を横に振っていた。

もういい、もうやめてくれ。今の熱原には絶対に勝てっこない。

そんな感情が透けて見えて。……僕は、逃げるのをやめた。

「……まだ、認めちゃくれないか」

「あぁ？　んだよ、鬼ごっこは終《しま》いかァ？」

逃げるのをやめた僕を見て、熱原は笑みを深くした。

対する僕は、肩の力を抜き、深呼吸する。

……なぁ、黒月。お前なら、この状況、生身で熱原を倒せるか？

もしも『出来る』と答えるなら、もうこっちが諦めよう。こんな化け物に生身で勝てるんなら、お前はきっと僕の手に余る天才なんだろう。

だけど、出来ないと思うなら。

――勝ち目はない。そう思っているのなら、しかとその目に焼き付けろ。

僕は拳を構える。熱原はピクリと反応を示しつつ、牛歩で距離を詰めてくる。

「てめーは嬲《なぶ》り殺《ごろ》し決定だ。最後に言い残すことはあるか？　ああ、命だけは助けてくれってのはナシだぜ？　てめーは確実にぶっ潰す」

「そうだな……。実は、武術経験者だって言ったらどうする？」

真っ赤な嘘《うそ》だけど。

熱原は目尻を吊《つ》り上げるが、目に見える大きな反応はない。

彼は拳を握りしめ、苛立《いらだ》ち混じりに僕を見下ろす。

「……はぁ、まだ勝つつもりでいるのかよ。前言撤回だぜ。朝比奈《あさひな》よりも、さっきの虫けらよりも……雨森。てめーが一番気に食わねぇ。もういい。全力で——ぶっ殺す！」

鈍色の鉄の体が、一回り大きく膨れ上がる。

僕と同じくらいの身長だった熱原は、今や2メートルはくだらないだろう。

見上げるほどの巨体、はち切れんばかりの鉄の筋肉。圧倒的な重量。

どこをどう見ても『殺す気満々』ってヤツだ。

「雨森くん……！」

「——C組。闘争要請《コンフリクト》中における手出しは禁止されております。……もしも破るというのであれば、此度《こたび》はC組の無条件敗北となりますが」

審判の女子生徒は僕へと視線を向ける。汗一つかいていない彼女と目が合った。

「……雨森悠人《ゆうと》。降参することを推奨します。——死にますよ？」

「忠告、ありがとうございます」
そう返して、熱原へと視線を戻す。
彼は殺意を瞳に宿し、1メートル近くまで膨れ上がった巨大な拳を振りかぶった。
熱波が肌を焼き、肺を焦がす。眼球も限界ギリギリだ。
視覚からくるプレッシャーも相まって、僕は瞼《まぶた》を閉ざす。
「死んじまえよ、【熱鉄拳《ブレイブ・アイアン》】!」
膨大な熱の塊が、振り下ろされる。
直撃すれば、即死する。そう確信するに足る圧力が体を襲う。
目を閉じていても分かる。今、目の前に死が迫ってる。
熱原は、勝利を確信しているだろうか。
朝比奈嬢は、手を出そうとしていないだろうか。
黒月《くろつき》は、この光景を見ているだろうか。
なんとまあ――絶好の機会。最高だよ、熱原永志。
お前なら、追い込めばこういう展開にしてくれると信じていた。
僕は、拳を握り、目を開く。
眼前へ迫る巨大な拳、死の鉄拳。
それを前に、僕もまた右の正拳突きを叩《たた》き込む。

――瞬間、衝撃が突き抜けた。
固いもの同士を叩きつけたような鈍い音。
巨大な拳と、細腕から繰り出された小さな拳。
されど、その二つは――拮抗《きっこう》していた。
「な――ッ」
熱原の驚きが、周囲へと伝播《でんぱ》する。
けどまぁ、驚くには少し早いかもな。
僕は捻《ひね》るように拳を回転させ、衝撃を叩き込む。
そして――ピキリと、熱原の拳から悲鳴が上がった。
「ぐあッ!?」
強烈な痛みと共に。鉄の肌がヒビ割れる。
真っ赤な鮮血が溢《あふ》れ出し、熱原はあまりの激痛にたたらを踏み後退《あとずさ》る。
彼の瞳には、僕の姿が映っていた。
全身、大火傷《おおやけど》。拳は肌が焼け朽ちて、肺も限界迎えてる。
片目から血が流れて、視界は半分潰れてる。

誰がどう見たって満身創痍《まんしんそうい》。——けれど、僕の方が優勢だった。

「霧道《きりどう》は、速すぎてどうすることも出来なかった。日常生活で、拳を振るうことは絶対にしないしな。だけど……鈍間《のろま》なお前となら戦えそうだな、熱原永志」

大衆に対する言い訳。焼け石に水程度の、その場の戯言《たわごと》。

されど、彼はもうそんなこと聞いちゃいない。

「こ、この……ッ！　な、なんなんだよ、なんなんだ、お前は！」

熱原の瞳には恐怖しかなかった。

本気を出して。……それでもなお、生身の人間に真正面から打ち破られた。

雨森悠人《あまもり》は、まだ異能も使っていないのに。

気づけば彼の息は荒くなり、隠しきれない動揺がこっちまで伝わってくる。

怖がらせたみたいで、すまない熱原。まぁ、今回は運が悪かったと諦めてくれ。

僕は大きく息を吐き、両手を上げる。

「——降参する。さすがにもう限界だ」

そんなこんなで、僕は熱原永志に敗北を喫した。

☆☆☆

満身創痍の僕を、Ｃ組の皆が出迎えた。

「あ、雨森くん……こんなになって——」

「……あぁ、自信満々に挑んでおきながら、戦いもせずに砕け散った塵比奈《ちりひな》じゃないか」

「ぐはっ!?」

僕の言葉に朝比奈は吐血し、オーバーキルのエフェクトが散った。

彼女は膝から頽《くずお》れ、それを見ていた僕を隣から烏丸《からすま》が支えてくれる。

「……ったく、お前はどこまでもいつも通りだなー。俺達《たち》は、お前が想像以上に強くて、けっこう衝撃受けてんだけど」

「……僕は、一度も『弱い』とは言ってないが？」

「うーん……まぁ、そうなんだけどよ——」

烏丸がなんとも言えない表情で苦笑する。

僕は烏丸の肩を借りながら、傷を負った佐久間《さくま》の隣へ座り込む。

……どうやら、クラスメイトの井篠《いしの》が佐久間の治療をしていたらしい。井篠は僕と佐久間、どっちを優先すべきか悩んでいたようだが、佐久間がため息と共に僕を指さす。

「おい、井篠。どー考えてもこの馬鹿の方が重傷だ。つーか、死ぬ寸前じゃねぇか。さっさと治してやってくれ」

「う、うんっ！　あ、雨森くん、大丈夫……？」

さっすが佐久間、さりげなく男前である。

佐久間だって決して軽い怪我《けが》ではないはず。

にも関わらず、なんの迷いもなく自分の治療を中断させるとか、なかなか出来ることではないだろう。……まぁ、僕の怪我が酷《ひど》すぎる、ってのもあるんだろうけど。

「い、いきます！　【医術の王】！」

井篠真琴《まこと》。彼の異能は【医術の王】、ありとあらゆる怪我を治癒する、優しい力だ。

彼の両手が緑色の光を放ち、その光が僕の体へと吸い込まれていく。

「ひ、酷い……。肺がほぼ機能してないし、体中火傷だらけで……ほ、本当に、雨森くん大丈夫なの？　ちょっとこれは……」

「あぁ、なんの問題もない」

強いて言うなら、常時、全身に激痛が走ってるくらいかな？

はっはっはー。……うん、強がってみたけど無理でしたね。めちゃくちゃ痛いよぉ。助けてくれ井篠。あんな無茶、二度とするかっての。マジ勘弁。

井篠が僕の怪我を治療してくれていると、ふと、僕に影が差した。

見上げれば、なんとも言えない表情の黒月が立っている。

「……雨森、くん」

驚きの映った彼の目を見て、僕は大きく息を吐く。

「……今、僕からお前に言えるのは、一つだけだな」
僕は、体にムチ打って立ち上がる。
黒月は僕を見下ろす。その目をしっかり見返し、拳を握る。
そして、その胸へと叩きつけた。
黒月奏《かなで》。お前は天才だ。
時に、その才能が人を傷つけるかもしれない。
時に、友人がその才能に嫉妬するかもしれない。
だけど、そんなの笑って吹き飛ばせ。
才能ってのは、もっと自由で、素晴らしいものだ。
お前は、もっと胸張って生きろ。
才能を磨け、高みを目指せ。そんな所で立ち止まるな。歩き続けろ。
お前に嫉妬した全員が、お前に負けたなら仕方が無いと。
諦念を浮かべ、匙《さじ》を放り出すまで極め尽くせ。
どーせ、お前がどれだけ努力しても、僕には届かない。
僕は、お前よりもあらゆる面で優れ続ける。
だから、今更『出し惜しみ』なんてするんじゃない。
お前は思う存分、【天才・黒月奏】で居続けろ。

「次は、お前の番だ」

「……っ」

彼は、胸に叩き込まれた拳を見下ろし、何を想《おも》うか。

焦った井篠が僕を無理矢理に座らせる中、黒月は僕を見下ろし、覚悟を告げる。

「——あぁ、任された」

その瞳に、もう、迷いは見えなかった。

☆☆☆

雨森悠人は天才だ。……僕は、心の底からそう思う。

「はぁ、はぁっ……く、クソが！　クソがクソがクソがあぁぁッ！　なんでだ、なんで俺が……恐怖だと？　ふざけんな！　なんで俺が、あんな虫けら相手に……ィ！」

僕は、熱原永志《ねつはらながし》の前へと進み出る。

朝比奈さんを嵌《は》め、佐久間くんを叩き潰した。あの熱原は既にそこにはいなかった。

異能を安定させることも出来ちゃいない。大きかった体は元の大きさへと戻り、熱気も先程とは程遠い。……今の彼に、威圧感なんてなにもない。

ただ、恐怖に侵され、畏れ、震える少年が、その場には立っていた。

「……雨森くんは、そんなに怖かったかい？」
「……っ!?　て、てめーは……ッ！」
僕が声をかけると、熱原は過剰な反応を示した。
きっと、彼の名前に反応したんだろう。彼は砕かれた腕を隠し、僕を見上げる。
……まぁ、気持ちは分かるよ、熱原。
雨森悠人《ゆうと》という男は、言ってみればモンスターだ。
色々と言っていたみたいだけど、彼は嘘《うそ》をついていた。
最後の最後、熱原へと放った拳。
あれは、【技術】なんてものから最もかけ離れたものだった。
……あの拳は、ただの【暴力】だ。
技術もへったくれもありゃしない。ただ、腕力に物を言わせて振り抜いた。
その拳が、加護の異能を真正面からぶち抜いた。
なんの補正もなく、なんの能力も使わずに。素の身体性能で熱原永志を超越した。
……鳥肌が立った。
化け物って言葉すら生温《なまぬる》く感じた。彼は人間やめてるよ、いやほんとに。
しかも、頭までキレるって言うんだから、一周まわって笑ってしまう。
「……これは、完敗だ」

自分が『世界で最も優れてる』だなんて思ってたのが恥ずかしい。

僕よりもすごい人が、こんなにも近くに居たじゃないか。

僕が出来ないことを平気で実行出来る人が、目の前に居たじゃないか。

ならばもう、何を迷う必要がある？

「……イツキ、カナエ。今なら二人に、笑顔で会いに行けそうだ」

二人に会ったら、謝ろう。そして、笑顔で語ってやろう。

僕の盛大な敗北譚《たん》を。……雨森悠人という、僕が畏敬した人物を。

「う、うるせぇ！　うるせぇ、うるせェ！　もう全員黙り腐れ！　どいつもこいつも俺を舐《な》めやがって……！　てめーら全員、俺がこの手で地獄に叩《たた》き落としてやるよ！」

熱原永志は、叫ぶと共に力を解放する。

熱波が再び溢れる中、僕もまた異能を展開する。

「――展開・【魔王の加護】」

熱原永志。彼は強い。今までの戦いから見てもそれは間違いないと思う。

けれどね。その力を目の当たりにして、やっぱり思うんだ。

「先に謝っておくよ、熱原」

「あァ!?」

苛立《いらだ》ち混じりに叫ぶ彼へと、僕は事実を叩き付けた。

「僕はね、世界で二番目に天才なんだ」

☆☆☆

生徒達へと与えられた異能。その中でも『神』の名を冠する朝比奈《あさひな》嬢の【雷神の加護】なんかは、加護の中でもぶっちぎり最上位に君臨する力だろう。

そしてきっと、彼の力は『その次』に位置する。

「【魔王の加護】……か」

「――凍れ」

黒月《くろつき》は、たった一言そう告げて。次の瞬間、燃え滾《たぎ》っていた炎が全て凍り付いた。

肌を焼く熱気が、冷気へと変わる。熱原へと視線を向ければ、鈍色《にびいろ》の体は全て氷に閉ざされている。あっという間に熱原永志の氷像の完成だ。

「うっわ……雨森よりやべぇのが居るぜ」

隣の佐久間から呟《つぶや》きが零《こぼ》れる。

僕も中々に衝撃的だったろうけど、黒月はさらにその上を行った。

なにせ、たった一言で熱原の【熱】を完封したのだ。

しかも長身でイケメンときた。すっげぇ映えるしカッコイイし、なんか、僕の活躍が前座に見えるくらいの格差です。……ま、それが狙いなんだけどね。

しかし、熱原もこれで終わる器じゃない。

「しゃら、くせェ！」

ビキリ、と氷にヒビが入る。

次の瞬間、氷が熱波と共に弾《はじ》け飛び、無傷の熱原が姿を現す。

「お前……あんなチート野郎にどうやって打ち勝ったんだよ……」

「運が良かったんじゃないか？」

佐久間からの質問を見事にスルーし、黒月の反応を見る。

……どうやら、驚きはないみたいだな。ここから見ていると、なんとなーく、自分の力の程度を、自分の出せる威力を『確認』しているように思える。

一体どうして……と考えて、すぐに一つの可能性を考えた。

「……まさか」

「もしかして黒月くん……一度も本気を出したこと、ない？」

いつの間にか近くに来ていた倉敷《くらしき》が、思いっきり頬を引き攣《つ》らせていた。

彼女の言葉にC組全員がぎょっとする中、問題の黒月は無表情で熱原を見据えている。

「次は、一点に集中して——凍らす」

再び、冷気が弾ける。馬鹿みたいな熱量が一瞬で凍り付く。

威力は……先ほどよりも明らかに強い。

僕、あんなの食らったら即死する自信があるんですが？

頬を冷や汗が伝う中、熱原は再び氷の中より舞い戻る。

「……クソが！　てめー……戦う気が――」

「もう一度」

黒月が手を振るう。さらに膨大な冷気が溢《あふ》れ出し、熱原が凍る。

……そこまで来て、僕も黒月のしようとしていることが理解出来た。

熱原が氷を熱で突き破る。黒月が熱を氷で冷やす。……延々とその繰り返し。

ただ、変化はある。黒月の力は、使う度強くなっている。

早く、強く、何より巧《うま》く。とてつもない速度で成長している。

「いい加減にしやがれ！　どいつもこいつも腹が立つ……！　てめーに至っては異能の根比べでもしようってのか！　えェ!?」

「……いいや、もういい。為《な》すべきことは終えたから」

再び黒月が氷を使う……ことはなかった。

周囲の生徒達《たち》は不思議そうに首を傾《かし》げていたが、数人は気づいた様子だ。

熱原の戦闘はド派手で、かなり大規模だったから、彼の『熱の力』ばかり見ている人も多いと思う。……けれど、熱原の異能はあくまでも【熱鉄】だ。

彼の熱が強過ぎるなら、鉄の弱点を狙えばいいだけ。

――パキリ、と熱原の腕から音が鳴り、彼は愕然《がくぜん》として右腕を見下ろした。

彼の右腕は、確かに僕が拳で砕いた。

けれど、あくまでも『多少』だ。使用不能になるほどの怪我《けが》じゃない。

だけどそれは、付け入る隙程度にはなるだろう。

「ま、まさか……てめー！」

「……仮にも加護の力の一端だ。ただ、冷やしたり熱したりしても、特に影響はなかったかもしれない。けれど、雨森《あまもり》くんが示してくれた。道を作ってくれた。それだけの損傷があれば……そこから決定的な破壊を引き起こせるはずだ」

僕の与えた傷は、言い換えれば『弱い部分』だ。

その部分を含めて急激な寒暖を繰り返せば、金属だって弱くなる。脆《もろ》くなる。

僕の与えた傷を中心として、崩壊が迫る。

「こ、こんな……こんなことが！　ふざけんな！　俺は熱原！　一日でA組を締めた天才だぞ！　俺が……俺がテッペンだ！　俺が王なんだ！　俺がこの学園に君臨する……そのための駒だぞ、てめーらは！　踏み台だ！　それが……なんでったって俺を――ッ！」

「……天才？　意味を分かって使っているのか？」

黒月は、右手に巨大な『黒い弾』を創り出す。

……僕と戦った時よりも、一回りも二回りも大きなヤツだ。

熱原の顔が大きく引き攣る。同時に、熱原の腕の崩壊が始まった。

その崩壊は、もう止まることはないだろう。

「く、くそっ！　なんで、なんで、なんで……！」

喚《わめ》く熱原を一瞥《いちべつ》し、黒月は容赦なく一撃を叩き込んだ。

「天才というのは、僕らを指して使う言葉だ」

熱原永志へ、黒い弾丸が直撃する。

悲鳴は、無かった。

一瞬で意識を刈り取られた熱原は、白目を剝《む》いて倒れ伏し。

そして、黒月は無表情で彼を見下ろした。

「それと、君は『王』という言葉を、もう少し調べた方がいい」

その姿は、控えめに言っても【魔王】だった。

☆☆☆

かくして。

A組とC組の、今期初の闘争要請《コンフリクト》は幕を閉じた。

終わってみれば、あっけなく。

熱原永志《ねつはらながし》が敗北した瞬間に残るA組全員が棄権し、C組の勝利となった。

結果として熱原は他者を害せない制約を受け、朝比奈の正義は貫かれた。


——これは、その後日談。


「——案の定、負けてしまいましたね」

少女は、とても楽しそうに呟いた。

場所は一年A組の教室内。

その光景は、誰がどう見ても『異質』だった。

「この公式は、こうであるからして——」

「俺が王だ、俺が一番強いんだ、ありえないありえないありえないありえない……」

担任教諭が、黒板へ向かってチョークを走らせる。

熱原永志は、ぶつぶつと戯言《たわごと》を呟いている。

……彼らの瞳は、虚《うつ》ろだった。

何の感情も見えず、どころか正気さえも窺《うかが》えない。

「案の定って……なによアンタ、負けるって分かってたの？」

赤髪の少女――紅《くれない》秋葉《あきは》は口を開く。

彼女は闘争要請《コンフリクト》の際、エントリーされていた一人でもある。

結果的に戦うことはなかったが……もしもこの場に雨森がいたならば、紅という少女を強く警戒していただろう。

それほどまでの風格、威圧感が彼女の身には纏《まと》われていた。

「紅、失礼ですよ、その物言いは」

「はあ？　じゃあ邁進《まいしん》、アンタはA組が負けるなんて予期してたわけ？」

「いいえ？……ですが、結果を見ればもとより負け戦だったのでしょう」

紅にそう答えたのは、同じく闘争要請《コンフリクト》にエントリーされていた、邁進花蓮《かれん》だ。

彼女が最初に口を開いた少女へと視線を向けると、その少女は語り出す。

「――少なくとも私は、当然、こうなるだろうと予想していました。だから闘争敗北時の条件を『熱原永志』個人へと誘導させたんです」

A組において危険なのは熱原永志……ただ一人。

だから朝比奈は『貴方《あなた》に求めるのは』と、ルール設定の時に口にしたし。

同じくそう考えたから、居合わせた倉敷達も口を挟まなかった。

それが、異能で誘導された思考だと気づくこともなく。

「これで、私達はまたC組に挑めるわけです」

周囲には、同じく『ロバート・ベッキオ』や『米田半兵衛《よねだはんべえ》』などの姿もある。

いずれも、あの場で棄権した生徒達だった。

「つーか、あいつよあいつ……黒月《くろつき》、って言ったかしら？　あいつヤバすぎでしょ。なにあれ。あの熱原を完封とか……ヤバすぎでしょC組」

「だけじゃないと思うぜ。朝比奈霞《あさひなかすみ》、どうやら頭が固いお馬鹿さんらしいが……なかなか強そうだったじゃねえか。まともに戦ってたら俺が本気出してても負けてたぜ？」

紅に続き、米田がC組を評価する。

C組の中でも、特に強力な異能を持つのは二名——朝比奈霞と、黒月奏《かなで》。

他にも強い異能を持つ生徒はいるだろう。今回戦った佐久間純《さくまじゅんや》也がいい例だ。

けれど……あの戦いを見て理解した。あの程度なら普通に勝てる、と。

そして佐久間純也が最強格であったのなら、他の生徒の程度も知れる。

だからこそ、彼らの中で警戒すべきはその二名となっていた。

少女が、ある人物の名を言うまでは。

「――雨森悠人《ゆうと》。一番はあの方でしょう」

その言葉に、A組が静寂に包まれた。

相変わらず授業を進める担任教諭と、戯言を呟《つぶや》き続ける熱原を除いて。

その場にいる全員が、驚きに固まった。

「……なに、えっ、どういう風の吹き回し？」

「いや、いやいや……アンタが他人に敬意を向けるだなんて……なんの冗談ですかい？」

あらゆる道の天才ばかりが集まった一年A組において。

その誰もが認めていた、彼女には勝てないと。

誰もが認める稀代《きたい》の天才。数千年に一度の才覚者。それが彼女だ。

最強たる彼女が、たとえ冗談でも『誰かに敬意を見せる』ことはあり得ない。

「彼が何もしなければ、黒月奏は棄権していた。……そうなれば、雨森『様』とて実力を見せるかも。そう考えての闘争要請《コンフリクト》でしたが、まさか、黒月奏をやる気にさせるとは」

「お、お嬢様……？　その、お知り合いでしたか？　あの男と」

「ええ、とっても良く、知っています」

少女は、雨森悠人を知っていた。

と、いうより――少女は雨森悠人を追って、この学園に入学したのだ。

少女は、窓の外へと視線を向ける。

その横顔は赤く染まっていた。

まるで、憧れの人に恋い焦がれる乙女のように。

懐かしい玩具《おもちゃ》を見つけた、悪魔のように。

その表情に、その場にいた誰もが戦慄し、恐怖した。


——彼女はかつて、たった一時間でA組を支配した。

熱原永志の力を見抜き、自身の駒にするべく洗脳した。傀儡《かいらい》にした。

他クラスへと意識を向け、ありとあらゆる危険因子を分析した。

一年B組、新崎康仁《しんざきやすひと》。

一年C組、朝比奈霞、倉敷蛍《くらしきほたる》、黒月奏。そして雨森悠人。

「B組は、新崎君に気を付ければ、放置してもいいでしょう。ただし、貴方は違う。貴方は、この私が認める怪物なのだから」

……彼が表舞台に出てきてくれれば対応も楽になる。

だが、おそらく彼は、表には出てこないだろう。

自分が、自由に動くために。

傀儡として……そう、黒月奏あたりを配置するはずだ。

そこまで未来を想像して、少女は笑う。

「話したいことが、沢山あるのです」

白髪を風に揺らし、赤い瞳を愉悦に細める。

瞬《まばた》きをすれば、少女が熱原より受けていた傷は、消滅した。

無かったことになった、幻のように消え失《う》せた。

否、最初から傷など無かったのだ。

「雨森《あまもり》様。……あぁ、早く貴方と戦いたい」

——少女の名は、橘 月姫《たちばなつきひ》。

数千年に一度の、天才である。

エピローグ

「嘘《うそ》……だ。嘘だ嘘だ嘘だ！」

黒月奏は叫んでいた。

闘争要請《コンフリクト》が決着した、翌々日。僕の怪我《けが》も歩ける程度まで回復した。

井篠《いしの》様々の早い治癒だが……まぁ、それは一先《ひとま》ず置いておくとして。

さっそく黒月を『僕の教室』に呼び出した訳だが――

「あァ？　嘘だ嘘だうるせぇな。喚《わめ》くなよハエが」

「こっ、こんなの倉敷さんじゃない！」

倉敷の変貌ぶりを見て、黒月は絶叫した。……おいおい、一応防音は完璧にしてあるとはいえ、あまり大声は出さないでくれよ。なんか心配になってくる。

「あ、雨森さん！　こ、これ、本当に倉敷さんですか!?」

「……残念なことにな。それと、僕に『さん』付けは止《や》めてくれ」

黒月は、何故《なぜ》か僕を『雨森さん』と呼ぶようになっていた。

理由は聞いていないが、たぶん、彼の中で『雨森∨黒月』という公式が出来てしまったんだろう。……あれだけの力を披露された後だし、なんか微妙な気分だけども。

「残念ってなんだよぶん殴るぞ、雨森コラ」

「ひ、酷《ひど》すぎる……こんなの、中身が熱原《ねつはら》になったたって言われた方が納得出来ますよ」

「よーしっ、黒月くん、ちょっと殺すからそこに立ってて！」

いよいよ倉敷が立ち上がり、可愛《かわい》い笑顔で拳を鳴らす。

その姿に真正面から挑もうとする黒月も黒月だが……やめといた方が賢明だぞー。

倉敷、たぶんお前と同じくらい強いから。

「まぁまぁ、二人とも落ち着けよ。倉敷もカッカするな」

「ええっ？　だって黒月くん、私のことを『中身熱原』とか言ったんだよっ？　そんなの骨格変わるまでぶん殴るしかないじゃんっ！」

「委員長に戻ってもダメなものはダメだ」

そう言うと、再び裏人格になった倉敷は雑に椅子に座り込む。

その姿を見て「ひいい」とか言ってる黒月。

僕は彼へと視線を向けると、改めてここに呼んだ理由を説明する。

「で、黒月。お前には僕の作る『組織』に入ってもらう」

「いいですよ！　雨森さんの願いとあらば！」

「……即答だな。まぁいいけど」

何故この男はこんなにも従順なのだろうか。

少し不安だが、瞳がキラッキラ輝いてるし、悪意は無さそうだ。

「んで、具体的に何やるんだ？　朝比奈のサポートとはいっても、ここに来て決定的な敗北だ。アイツを完全に立ち直らせるのはもうちょい時間がかかるぜ？」

「それは問題ない。朝比奈も、ふわっとした理由で決意されても困るからな」

「……？　朝比奈さんを中心にして何かをやる、ってことですか？」

彼の問いに対して、僕は黒月へと説明を始める。

僕達《たち》が自由を求めていること。今の学校の体制に不満タラタラなこと。

学校そのものを倒すため、表と裏で動くこと。

表を、何も知らない朝比奈霞が動き。裏で、全てを操る【僕ら】が動くこと。

「そして、朝比奈の隣で、一緒に皆を引っ張っていく倉敷さんと、雨森さんの作戦をそのまま朝比奈さんへ伝える、参謀役の僕、って訳ですね」

やだこの子、理解が早すぎやしませんか？

「雨森さんは控えめに言って怪物。朝比奈さんを動かしたいなら、雨森さんが直接参謀役に入った方が……いや。そうしないということは、それだけの理由があるということ。……雨森さん、もしかして、警戒している相手でも居るんですか？」

「おっ、それそれ、私も気になってたんだよ」

何も話していないのに、気がついたら痛い所を突かれていた。

「お前、言ってたろ。直接参謀役にならねぇのは、お前が自由に動ける状態であるため、的な感じのことをよ。それって、相応の警戒をしている奴《やつ》がいるってこったろ」

「……そんなこと言ってたか？」

言った記憶があるような、無いような。

ただ……まぁ、うん、確かに居るさ。僕を知ってる奴なんて居ないだろ、と思っていたこの学校で、唯一見つけた僕の同郷。幼い頃からの知人。僕の過去を知っている女。

──僕が認めた、もう一人の怪物。

「……まぁ、一人、A組にいるよ」

「……A組、ですか？　でも、A組のリーダーは……」

熱原永志《ながし》だ。誰がどう見てもそう映る。

けど、その実態はまるで異なるはずだ。

「まさか……あの熱原を掌《てのひら》で踊らせてる野郎がいんのかよ」

倉敷の言葉に頷《うなず》き返す。

闘争要請《コンフリクト》の際、熱原に髪の毛摑《つか》まれて登場した時はびっくりしました。

えっ、何してんのあいつ。そんな思いが表に出たのか、あの時の僕は本当に冷めた目をしていたと思う。あんな茶番を見せられたのは生まれて初めてだよ。

……と。さて、アイツの話はここら辺にしておこう。

なんか、話してたら本当に出てきそうでおっかないから。

だから、こっからは真面目な話に戻ろうと思う。

「閑話休題だ。黒月《くろつき》。お前には倉敷と協力して朝比奈《あさひな》の誘導を頼みたい。裏から朝比奈をサポートする影の実力者。表には滅多に出てこないが、朝比奈と同等の力を……影響力を持つ存在としてな」

「分かりました！　【魔王の加護】で『念話』っていうやつが使えますので、逐一雨森さんに相談しながら頑張ります！」

「なんでもありだな【魔王の加護】……」

そう言いつつも、僕は笑みを浮かべて拳を握る。

二人へと拳を突きつける。

まだまだ考えることは多いだろう。これから先、想定外のことも起こるだろう。

だけど、その全てを想定内に覆すのが僕らの仕事だ。

「目先の目標は一年生の統一。A組、そしてB組の不穏分子を叩《たた》き潰す」

誠に不本意だが、学園を潰すのはその後だ。

一年生の不穏分子を掃討し。憂いがなくなったところで……初めて学園をぶっ潰す。

そうでもしなければ……おそらく、学園と戦っているうちに足を掬《すく》われる。

一年A組。一年B組。そして一年C組。

それらに平等に戦力を割り振ったのだとしたら、間違いなく各クラスには朝比奈と同格か……それ以上が居ることになる。それは、無視するにはあまりに大きな障害だろう。

「当面は、朝比奈霞《かすみ》をサポートするのが主な仕事だ。難しいことは言わない、とにかくあの女を『負けさせない』ことに全力を尽くせ」

朝比奈霞は正義の味方だ。対するA組、B組の中には悪が棲《す》む。

それがどのような規模かは知らないが……それが悪である限り、朝比奈は確実に反応する。僕らが何をしなくとも、両クラスとの敵対関係が出来上がってくるだろうさ。

お前ら二人の仕事は、その時に『朝比奈霞を勝たせる』ことだけ。

どうだ、簡単だろう？

「……ったく、最初から難しいこと言ってんじゃねぇか」

「任せてください！　どんな任務だろうと完璧にこなしてみせます！」

僕の言葉に、倉敷《くらしき》、黒月が僕の拳に拳で返す。

闇に棲み、裏から表を支配する。

朝比奈が太陽――【昼】の顔ならば。

僕らは影――【夜】の顔で在らねばならない。

そうだなぁ。夜、夜……夜、か？

なら、組織の名前は、こうしようか。

「組織名【夜宴《やえん》】。僕らはここから、この学園をぶっ壊す」

雨森悠人《あまもりゆうと》。倉敷蛍《ほたる》。黒月奏《かなで》。

この三人から始めよう。

学園を敵に回した、命懸けのサバイバルゲームを。

「……いや、その中二病臭《くせ》ぇ名前、どーにかなんねぇのかよ」


うるさいな。

これでも高校一年生だぞ。

光より闇、表より裏。

そういうのに憧れる年頃なんですぅ。

あとがき

皆様、初めまして、あるいはこんにちは。藍澤建《あいざわたてる》と申します。

まずは、この作品をお手に取って頂いて、本当にありがとうございます。

この作品は、もともと自分だけの観賞用でした。自分以外の目に触れることは永遠にないだろう——そう思って書き留めていた作品の内一つ。これがこの物語です。

それが、紆余《うよ》曲折《きょくせつ》あってサイトに投稿をはじめ、気づけば今に至ります。

雨森悠人とは何者なのか。その謎を解き明かしいくこの作品。

絶対に忘れてはならないのは、雨森悠人は嘘《うそ》つき、ということです。

顔色も変えずに嘘を吐き、地の文だろうセリフだろうがお構いなしに嘘を流す。

これほど信用できない主人公はなかなか居ないんじゃないかな、とさえ思います。

しかし彼の質が悪いところは、『実は真実も語っている』ということです。

何が本当で、何が嘘なのか。引き続き彼は語り騙《かた》ると思いますので、そこらへんも楽しみながら読んで頂けたらいいな、と思っております。

改めまして、この作品を手に取って頂いて、ありがとうございました。

OVERLAP

異能学園の最強は平穏に潜む
～規格外の怪物、無能を演じ学園を影から支配する～

発　行　2023年2月25日　初版第一刷発行

著　者　藍澤 建
発行者　永田勝治
発行所　株式会社オーバーラップ
〒141-0031　東京都品川区西五反田8-1-5
校正・DTP　株式会社鷗来堂
印刷・製本　大日本印刷株式会社

Printed in Japan ISBN 978-4-8240-0409-3 C0193